A MILD NOBLE'S
VACATION SUGGESTION

穏やか貴族の

休暇のすすめ。

短編集

著
岬

TOブックス

もくじ

穏やか貴族の休暇のすすめ。短編集

A MILD NOBLE'S VACATION SUGGESTION

書籍特典SS集

書籍1巻　TOブックスオンラインストア特典SS
書記官が語る日常 —— 007

書籍2巻　TOブックスオンラインストア特典SS
とある盗賊《とうぞく》Aの視界 —— 017

書籍2巻　電子書籍版特典SS
興味の尽きない今日この頃 —— 029

書籍3巻　TOブックスオンラインストア特典SS
湯に沈む傷跡《きずあと》 —— 041

書籍3巻　電子書籍版特典SS
聞き役の昼下がり —— 053

書籍4巻　TOブックスオンラインストア特典SS
世に解き放たれた最強 —— 067

書籍8巻　電子書籍版特典SS
イレヴンの何てことない一日 —— 177

書籍9巻　TOブックスオンラインストア特典SS
アスタルニア冒険者達の夕べ —— 191

書籍9巻　電子書籍版特典SS
一番弟子は自分だとドヤ顔したいリゼル —— 203

書籍10巻　TOブックスオンラインストア特典SS
風邪引きリゼルは甘やかされる —— 215

書籍10巻　電子書籍版特典SS
ジルベルトの歴史　リターンズ —— 227

コミックス収録特典短編集

コミックス1巻書き下ろし短編
ギルド職員Aの視点 —— 241

書籍4巻　電子書籍版特典SS
値《ね》踏《ぶ》みなどとうに慣れている ―― 079

書籍5巻　TOブックスオンラインストア特典SS
今はただ、その時を待っている ―― 091

書籍5巻　電子書籍版特典SS
三人が街角でだべるだけ ―― 101

書籍6巻　TOブックスオンラインストア特典SS
前略、早々《そうそう》、意訳《いやく》につき ―― 115

書籍6巻　電子書籍版特典SS
ナハスと宿主の飲みトーク ―― 127

書籍7巻　TOブックスオンラインストア特典SS
ギルド職員はスキンヘッドを撫《な》でながら語る ―― 139

書籍7巻　電子書籍版特典SS
堂々とギルドに依頼した（バレなかった） ―― 151

書籍8巻　TOブックスオンラインストア特典SS
将来、白い軍服を纏《まと》う者曰《いわ》く ―― 165

コミックス2巻書き下ろし短編
商業国に住まう彼女の視点 ―― 255

小説家になろう　活動報告掲載SS

幼いリゼルとケセランパサラン ―― 271

書き下ろし
年下二人のプレゼント探しの旅 ―― 291

あとがき ―― 304

イラスト：さんど
デザイン：TOブックスデザイン室

A MILD NOBLE'S VACATION SUGGESTION

CHARACTERS

人物紹介

リゼル
とある国王に仕える貴族だったが、何故かよく似た世界に迷い込んだ。全力で休暇を満喫中。冒険者になってみたが大抵二度見される。

ジル
冒険者最強と噂される冒険者。恐らく実際に最強。趣味は迷宮攻略。

イレヴン
元、国を脅かすレベルの盗賊団の頭。蛇の獣人。リゼルに懐いてこれでも落ち着いた。

ジャッジ
店舗持ちの商人。鑑定が得意。気弱に見えて割と押す。

スタッド
冒険者ギルドの職員。無表情がデフォルト。通称〝絶対零度〟。

レイ
憲兵統括の役目を担う王都の貴族であり、子爵。明るい方の美中年。

シャドウ
マルケイドの隠れ領主。領地の発展にしか関心がない仕事中毒者。暗い方の美中年。

ナハス
アスタルニア魔鳥騎兵団の副隊長。世話焼かれ力の高いリゼルと出会って世話焼き力がカンストした。

アリム
アスタルニア王族兄弟の二番目。書庫の主と呼ばれる布の塊。

陛下
元の世界にいるリゼルの国王。通称元ヤン国王。今は世界を繋げようと尽力中。

書籍特典SS集

書籍1巻　TOブックスオンラインストア特典SS

書記官が語る日常

他国に誇る美しい王城の一角、その一室、そこがリゼル様に宛《あて》がわれた執務室《しつむしつ》です。

書記官という立場上、私もご一緒する機会が多く、今もリゼル様へと書類を運んできたばかり。

宰相《さいしょう》といえば国王補佐、現国王陛下《へいか》がリゼル様用に作った地位ではありますが上手く回っております。

それも全てリゼル様のお力ゆえ。一生ついていきます。

「リズ」

和《なご》やかな昼下がりに、ふいにパッと現れたのは国王陛下でした。転移《てんい》でいきなり現れるのは正直心臓に悪いのでお止《や》めいただきたい。言えないですけど。

「こんにちは、陛下」

流石《さすが》のリゼル様は、何事もなかったかのように穏やかに挨拶《あいさつ》していらっしゃいます。慣れきっています。

「この前、海賊《かいぞく》の話出ただろ」

「南から、この国まで来る可能性があるとか」

「来たっぽいから行ってくるわ」

何だって？

リゼル様の机に行儀悪くも座りながらそう告げた国王陛下に、私はメイドにお茶の用意を頼もうとしていた体勢のままで固まってしまいました。

「はい、お気をつけて」

「土産《みやげ》は？」

「一番立派な船を」

「了解」

そうして来た時と同様、パッと国王陛下は姿を消しました。

取《と》り敢《あ》えずお茶は必要なくなったようです。いえ、でもそろそろリゼル様も休憩なさったほうが良《い》いでしょう。そのまま廊下を覗《のぞ》き、待機しているメイドに声をかけておきました。

「良いですか？」

「はい」

リゼル様から声がかかりました。何の用件でしょう。

リゼル様は引き出しから便箋《びんせん》を取り出して、何かを綴《つづ》り始めました。視線は紙面へ落としたまま、その唇が開きます。

「造船技師を三名、南の漁港に派遣してください。護衛の兵は多めに」

「畏《かしこ》まりました」

「外交官も一人、すぐに南へ出発できるように。出発前に私の元へ寄るよう伝えてください」

「はい」

「海軍へ伝言を。二月《ふたつき》はあちらの警邏《けいら》に何隻《せき》か送るように」

「国王陛下からのお言葉として宜《よろ》しいですか？」

「お願いします」

本来のリゼル様は、国軍を動かす権限は持ち合わせていません。

国王陛下はリゼル様に全権を与えて良いと常々おっしゃっていますが、当のリゼル様が拒否しております。まぁ当然でしょう。いらない火種を抱える必要はありません。

ただ、今のようにリゼル様が〝国王陛下から託《たく》された〟と判断された状況では、代理として小規模な編成を要請することがあります。

「兵にこの書状を。あちらの領主にお渡しするように、と」

「承知致しました」

書き終えたばかりの文書が厳《おごそ》かな封筒に包まれ、封蠟《ふうろう》を押されて渡されました。

この書状は今、私の命より重いです。リゼル様からこういったものを頂く度にしみじみと実感します。また家燃やされても困るし。

「あとは」

ふわりと、リゼル様の雰囲気が和《やわ》らぎました。

「陛下のお着替えと、お茶の準備を」

「承知しました」

仲の良いお二人です。

一体何が起こっているのか分からないままに各所へ指示を伝えて回り、リゼル様の執務室へと戻れたのは二時間ほど経った頃でしょうか。

ちなみに各所への伝達は非常にスムーズでした。「国王陛下の指示で」というより、「国王陛下がまた……」といったニュアンスを使うと、私がリゼル様の指示で動いているのを察して皆様「あぁ」と深く納得してくださいます。ここで全くリゼル様への不信感が浮かばないのだから、国王陛下とリゼル様の周りからの信頼が厚い証拠ですね。

「只今《ただいま》戻りました」

「有難《ありがと》うございました」

国王陛下がお戻りになっていました。早い。

「ちょうどお茶の準備が済んだところなんです。一緒にどうですか？」

「私は此処《ここ》で」

ティーセットから軽食まで並んだテーブルを一瞥《いちべつ》し、部屋の隅《すみ》に待機したメイドに倣《なら》って扉の横に立ちます。このお二人と並んでティータイムとか畏《おそ》れ多くて無理です。

「陛下もお疲れ様です」

「おう」

国王陛下はソファに堂々と座り、紅茶に口をつけていました。

すでに着替えは済まされたご様子。心なしか表情もさっぱりとしていらっしゃいます。

「ま、俺の国民《もん》に手ぇ出してタダで済む筈《はず》ねぇよな」
「どうでした？」

おっしゃるとおりかと。

伝令に回っている時に耳にしましたが、確かに南のほうの国で暴れていた海賊が居たそうです。船団を組み、商船を襲う悪名《あくみょう》高い海賊だったとか。

陛下も流石に殺してはいないでしょうが、好き放題に暴れてきたことでしょう。元ヤン国王という呼び名に相応《ふさわ》しい言い方をするのなら、お礼参りしてきたと言うのが正しいでしょうか。

「散歩で海賊のことを？」
「おう、昨日聞いた」

陛下の散歩は脱走のことです。素晴らしい転移魔法。

気が向いた時に自国の領地の色んな所にフラッと遊びに行っていらっしゃいます。おかげで情報は最先端、様々な噂《うわさ》も耳にし、我が国の政策はべらぼうにフットワークが軽いと色々な意味で評判です。

「今日出発する商船乗ったら釣れたから潰してきた」
「捕虜《ほりょ》は？」
「取り敢えず漁港の倉庫に突っ込んである」
「此方《こちら》からも救援の兵を送りました。領主へ書状も送ったので、見張りはその兵と現地の兵で交代して行うことになると思います」

「ん」

「被害額も上げるよう伝えたので、襲われた船の方々へ補償を出しても？」

「任せた」

先程まで訳も分からず駆け回っていた要件について、物凄《ものすご》い勢いで答え合わせをされている気分です。

小腹が空いたのでしょう。手にしたサンドイッチを大口広げて食べている国王陛下ですが、不思議と品には欠けません。リゼル様の教育の賜物《たまもの》ですね、分かります。

「漁港の方々も暫《しば》く不安でしょうし、軍のほうに警邏を頼みましたが」

「許す。……事後報告いらねぇっつってんのに」

拗《す》ねたように告げる国王陛下に、リゼル様が苦笑しました。

けれど譲らない。それこそリゼル様です。必要ないのに何故聞かなければならないのかと、そう不満を覚える国王陛下のお気持ちも分からないでもないのですが。

「船はどうでしたか？」

「一番でかいの以外沈めた」

こういうのを簡単に言うから凄いですよね。

「残った船は？」

「漁港に寄せてる」

「なら、技師の方に見てもらいましょうか。あちらの造船技術、気になってたんですよね」

ほのほの微笑みながらちょっと怖いことを言うリゼル様を、国王陛下は好きにしろとばかりに笑みを浮かべて見ています。リゼル様も国王陛下を甘やかしますが、実のところ国王陛下もリゼル様を甘やかしますね。

周囲、いえ自国に害はないし、むしろ利益に転じるので問題ないと私は思っていますが。

「その南方で、元々海賊は暴れていたらしいんですけど」

「ああ、前そんなような話出たな」

「はい。被害も甚大《じんだい》なようですし、捕虜の扱いはあちらとの兼ね合いがあるかなと」

だから外交官の準備も、という指示があったようです。

こういう各国への配慮をリゼル様は欠かしません。堂々と造船技術盗んでますけど。

「海賊、どっかの国と繋《つな》がってねぇの」

「はい」

「なら良い」

サンドイッチの最後の一切れを口に放り込んだ国王陛下が、冷めた紅茶を一気に喉《のど》へと流し込みました。パサパサしますものね。

「最初は、海賊に手を焼いていたあちらの国が海図か何かをリークして、わざと北上させたのかとも思いましたけど」

つまり、自国で手に負えない海賊をこちらに送り込んで掃除させたかもと。

物凄い事おっしゃいましたね、リゼル様。とはいえ有効的な手段だとは思ってしまいます。

「あの王に限ってそれはないでしょうし」

「ねぇな」

「ですよね」

お二人の話題に出ている南方の国王に関しては、当然ですが私は会ったことがございません。ただし噂程度でしたら一度二度。曰《いわ》く、滅茶苦茶《めちゃくちゃ》フレンドリーだとか。

「あー、でも海図が出んならあり得るか」

「外交官に仄《ほの》めかしてもらいますか？」

「一応な」

和やかなティータイムの空気のなか、機密《きみつ》事項だろう話し合いをお二人は雑談のように口にします。私は勿論《もちろん》、聞かなかった振りです。

横目でメイドを窺《うかが》えば、最上級の教育を受けただろう彼女は一糸《いっし》乱れぬ美しい姿勢で待機しています。私感を滲《にじ》ませないアルカイックスマイルが、その美しい容姿と相まって白磁の人形のようでした。

「じゃあ後、任せるぞ」

「承《うけたまわ》りました」

「そういやさぁ」

これで海賊に関する話し合いは終了したようです。

これからリゼル様は事後処理に追われるのでしょうが、いえ、先手先手で対応していたので追われるという程ではないかもしれませんが。それらを気にせず楽しそうに国王陛下のお話を聞いていらっしゃいます。行動の優先順位がしっかりしている方なので。

肩肘《かたひじ》を張る必要もないのでしょう。国王陛下が自由に動き回るのも、それらをリゼル様が受け入れるのもいつもの日常なのですから。

「リズ、海賊見たことねぇだろ。連れてってやろうか」

「あ、良いんですか?」

「お待ちください!!」

ただ、リゼル様に悪影響を及ぼしかねないことは切実にお止めいただきたい。

言えないですけど。

書籍2巻　TOブックスオンラインストア特典SS

とある盗賊《とうぞく》Aの視界

「例の貴族さんのこと、どう見る？」

前髪ごしの視界には、くたびれた室内と二人の男が映っていた。

フォーキ団の中でも一部の者しか存在を知らず、何処《どこ》にあるのか、幾つあるのかも誰にも知られていない。そんな拠点の内の一つに、珍しく三人は居合わせていた。

「え、ぁ……ぼ、僕なんかは別に、関係な、ない、し」

見るからに悲痛そうで、今にも自死してしまいそうな顔をしたサイドテールの男が、しきりに目を泳がせながら告げる。視線は一度たりとも合わない。

「………」

そして、獣のように口を拘束《こうそく》されたベリーショートの男が手元で三角を作る。

どうにも普通に話すことすら支障《ししょう》をきたす面々だな、と何となく思った。支障をきたさない者など盗賊内にいないことを思えば、まぁ仕方がないのだろう。

この盗賊団に長く居る面々は、隣人《りんじん》をただの気狂いだと思っている。だからつるまない。タイミングと気分が合って、その必要性を感じれば、今のように同じ空間で顔を合わせることも稀にあるが。

にもかかわらず同じ人物の下についている理由は、個々にもよるが唯《ただ》一つ。自身の場合は、それなりに楽しく、楽ができて、そして最も生存率が高いからだ。他も似たようなものだろう、最も自由にやりたいことをやる為に敢えて所属する。

自分自身が国の中で穏やかに暮らせないことなど、生まれた時から知っていた。それは正当な金のやり取りに価値を見出せないからかもしれないし、また暖かな陽だまりを喜劇としか感じられないからかもしれない。あるいは、他人から嫌悪《けんお》される生き方に何も感じないという可能性もあるか。客観的に考えれば理由は幾《いく》らでもあげられた。

それだけで上出来だ。周りの気狂い共は、己の在り方に疑問すら抱かないのだから。

「こ、殺、殺したいのかな……き、きぞ、ぁ、ごめんなさっ……あの人、のこと」

「殺してぇならとっくに殺してんだろ」

「ぁ、だ、だよね、僕、頭悪くて、あは、あはは」

悲痛に染まっていく歪《いびつ》な笑みを見ることなく、黙り込んでいるもう一人へと視線を動かす。短い前髪の下で目を伏せていた男は、拘束された口をピクリとも動かそうとしない。

しかし無視する気はないのだろう。ふと顔を上げ、わさわさと両手を動かした。

「………」

「一刀《いっとう》？　が、何って？」

「…………」

「分かんねぇよ」

舌より饒舌《じょうぜつ》に動く両手が何を言っているのか、何年付き合おうと分からないし分かろうとする気もない。だが、何を言いたいのかは予想できた。

「確かに、貴族さん殺すには一刀が手強すぎる」

「？」

「だからって殺せねぇ訳じゃねぇだろ。頭《かしら》が手段選ばなけりゃ、な」

「……………」

それもそうかと男は頷《うなず》いて、そのままグゥと鳴った腹を撫《な》でた。

男が最近、満足に食事がとれていないからだろう。頭が貴族さんに夢中なのもあり、余計なことをするなと釘《くぎ》を刺されている。下手に動いて変な警戒をされたくないのかもしれない。

「じゃ、じゃあ、い、い、何時《いつ》、殺すの」

「あ？」

「あ、遊んで、嬲《なぶ》って、甚振《いたぶ》って、こ、殺、殺すんだよ、ね？」

血の気の引いた顔で唇を震わせ、うろうろと視線を左右に泳がせながらも、男は確定事項のように告げた。挙動不審だがこれがデフォルトであり、躊躇《ためら》っている訳でも罪悪感を抱いている訳でも何でもないのだろう。

俯《うつむ》いた拍子に、サイドテールで結ばれた髪がその顔を隠す。それを見て、そういえば出会ってから一度も目が合ったことないなと今更ながらに思いながら、椅子《いす》の上で胡坐《あぐら》をかいた。別にどうでも良い。

「……！……！」

にダラリとその手を下げた。

殺すのか、という問いにテンションを上げて両手をわさわさしていた男が、意気消沈《いきしょうちん》したよう

「…………………」

「殺さねぇかもな」

「頭も見たことねぇ顔して遊んでるし、飽きなけりゃ欲しがんじゃねぇの」

とはいえ多少頭がキレようと、ほのほの穏やかである相手だ。

住む世界がまるで違う。頭の正体に気付いたなら受け入れることなどないだろうし、気付かなかったのなら頭もすぐに飽きるだろう。俺達には、全く関係のない話。

と、思っていた時期もあった。

そんなことを言ってて結局、頭は貴族さんを酷《ひど》く欲しがって、何がどうなったのか逆に貴族さんのモンになるそうで。

「はァー!?　明日の朝までに下《した》っ端《ぱ》集めろってぇー!?」

馬鹿みたいにいつも笑っている、前髪を切り揃えた男がゲラゲラと楽しそうな声を上げる。

「何人かも何処に居んのかも俺すっげぇ曖昧《あいまい》なんですけどぉーっ」

「名目は王都襲撃、近場に三か所に分けて配置、取りこぼしがないように、だと」

「で、皆殺しってぇ？　貴族さんやるぅーっ」

頭は貴族さん達と、憲兵《けんぺい》の元締めである貴族の屋敷へと向かう途中。その馬車を少し止めた隙に

言い渡された命令に、俺達は今、全力で王都の裏側を走り回っていた。

「てめぇらは冒険者ギルド行け。仕込み直しだ」

「え、ぇ、し、仕込み直し……？　ぼ、僕が前、だ、駄目だったから、また、あ、あは、やっぱり、あ、僕じゃ」

「？」

「商業ギルドに突っ込ませた奴ら、フォーキ団《おれら》だって自白させる」

口枷《くちかせ》をつけた男が、遠くに見える鐘楼《しょうろう》を指さした。

「貴族さんとお貴族様の話が終わるまで、だと」

絶望し、発狂する間際のサイドテールの男が、ゲラゲラと笑う男に鳩尾《みぞおち》をぶん殴《なぐ》られていた。放っておくと勝手に暴走して無差別に磔《はりつけ》の死体を量産し始めるので、面倒な時には落とすに限る。いつものことだ。

「時間制限えっぐ。でも俺もそっちがいーいーっ。走り回んの面倒くせぇー!!」

「てめぇうるせぇだろ」

昏倒《こんとう》させて死体もどきになった男を引き摺《ず》りながら笑う男へ、何を無謀なことをと顔を顰《しか》める。

普段ならば自滅させておくが、今回ばかりは失敗すると己の命まで危なくなるのだから手は抜けない。

なにせ、目当ての身柄はギルドの地下にある。多少の声ならば心配いらないが、あまり煩《うるさ》くすれば、ギルドにいる変に勘の良い冒険者達が不審に思うだろう。

脚を動かすごとに切り揃えた前髪を揺らす目の前の男は、とにかく笑う。全てを笑う。笑い声が煩い。あそこには、あまり機嫌《きげん》を損ねたくない相手も居ることだ。

「絶対零度《ぜったいれいど》の御機嫌伺いながら躾《しつけ》、できんの？」

「死ぬし」

「…………！」

何かを訴えるように両手を動かす口枷の男へ、一通の手紙を放る。

「貴族さんからの手紙」

これなしに冒険者ギルドへ侵入すれば、命の保障はないだろう。

まだ頭が貴族さんの脳天へ矢をぶっ放していた頃、情報を集める為《ため》に冒険者に紛れてギルドに潜り込ませた下っ端は全員殺されているのだから。

「〝スタッド君が嫌がったら、手紙はなかったことにしてください〟だとよ」

「…………」

「〝でも、最終的に自白はさせてね〟らしい」

「!?」

貴族さんも無茶ぶりするよな。

無茶ぶりとか微塵《みじん》も思わず、当たり前のように「できるから」って言ってくるところが特に。それはつまり意図してかしないでか、できない言い訳を容赦なく奪っていくっつうことで。

「て訳で、残った俺らで下っ端集め。アジトに集まってねぇ奴は区別つかねぇし、怪しいのがいたら殺しとけ。これは頭から」

「はいはぁーい」

「討伐《とうばつ》に派遣された憲兵達に怪しまれないよう、集めた奴らはなるべく殺さないように。これ貴族さんから」

「げぇー」

ゲラゲラ笑う男が、引き摺っていた気狂いを手紙を眺めている男へと放る。

口枷をつけた男は命綱である手紙を腰のベルトに挟み、渡された気狂いを同じように引き摺り始めた。どいつもこいつも、気遣うという思考など持ち合わせている訳がない。

「ただ」

引き摺られている男の、ぶらりと力の抜けた腕の先。地面に擦れて皮が剝《む》け、肉が見え始めてもおかしくはない指先を何を思うでもなく眺《なが》めながら、笑う。

「明日、お利口《りこう》さん達が討《う》ち漏《も》らした分に関しちゃ好きにして良い、だと」

「頭？」

「貴族さん」

前髪を切り揃えた男が抑えきれぬ衝動《しょうどう》を吐き出すように笑い声を上げる。ベリーショートの男が口枷の下の唇を笑みに歪《ゆが》める。そして自身も、前髪の下で瞳が弓なりに歪むのが分かった。

何が、ほのほの穏やかな男だ。自分で称しておきながら笑うしかない。

あの人は自分達に決して善行を命じない。強《し》いもしない。期待すらしない。更生させる気など欠片《かけら》もない。あるのは、どうすれば効率的に利用できるか。その一点のみ。

「使われ甲斐《がい》があるよなぁ」

「貴族さん、笑顔が多いのが良いよなぁーっ」

「…………」

「仕込み終わったら、こっち合流しろよ」

とにかく時間がない。

下っ端を搔《か》き集め、軽く薬盛って、明日の早朝に奇襲をかけるだろう憲兵達がスムーズに捕縛《ほばく》できるよう下準備。いかにも寝起きを襲撃できたというように、しかし違和感は抱かれないようにしなければならない。

「つうか何でお前が仕切るわけぇ？」

「うるせぇ気狂い」

「ハッ、猫かぶりィ！」

耳障《みみざわ》りな笑い声を無視し、さて他のメンバーと合流しようと速度を上げた。


憲兵の制服というのは酷く堅苦しい。

空も薄暗い早朝、突然の憲兵の乱入に有象無象《うぞうむぞう》と化す盗賊の残党達は、酷くあっさりとその身柄を押さえられた。薬の効きが悪かったのか何なのか、抵抗する者もいたが斬《き》り捨てられる。

きっちりと閉じていた襟元《えりもと》を緩め、すっかりと目を覆《おお》う前髪ごしに、あっさりと捕縛された下っ端たちを眺めた。奴らがこれからどうなるかなど、考えるまでもなければ興味もない。

「撤収《てっしゅう》だ。奴らを馬車に詰め込むぞ」

「うぃっす」

横を通り過ぎていく見知らぬ憲兵に適当に返事をして、その場を去る。

自身は逃げようとした下っ端を何人か斬り捨てたぐらいだが、他のメンバーはどうしているのか。

ゲラゲラ笑う男はゲラゲラ笑いながら好き放題しているだろうし、被害妄想《ひがいもうそう》の強い男は勝手に暴走して礫を量産していることだろう。他も同様に、支障が出ない程度に楽しんでいる筈だ。

ただ、一人を除いては。

最近オアズケを食らっていたから、仕方ないといえば仕方ないのだろう。届くのは強い血の匂い、憲兵に気付かれるのも時間の問題だった。

「おい」

森の中を歩くこと数分。

微《かす》かに下った斜面の下で、肉を咀嚼《そしゃく》する粘り着くような音がする。

「ここで食うなよ」

「…………」

此方を向いた顔に口枷はなかった。

口の周りを血に染め、グチャリと何かを噛《か》み潰した拍子にその唇の端から新たな血が伝う。粘度の高いそれが顎《あご》から滴《したた》り落ちて糸を引く光景に、よく食欲が湧くものだと呆れてしまった。

「生臭《なまぐせ》ぇんだよ」

男はぺろりと唇に舌を這《は》わせて血を拭い、手に持つ死体を見下ろした。

腹から食い破られ、色々と悲惨なことになっている。地面には血だまりが広がり、生きたまま食い始めたのか酷く飛び散っている。残飯を放置して見つけられでもしたらどうなるか。

「魔物の食い残しには見えねぇぞ」

「？」

「場所移動しろ」

「……」

不満そうに見られたが納得はしたのだろう。

これが他のメンバーならば「邪魔をするな」と笑って斬りかかってくるものだが、目の前の男は腹さえ減っていなければ比較的大人しい。既に結構な量を食い散らかした後なのだろう。

「腹いっぱいにしとけよ」

数人の死体を引き摺り、何処かへ向かおうとする男の背に声をかける。

「貴族さんに、食いつかねぇように」

男が振り返った。口元に浮かぶ笑みに、呆《あき》れしか浮かばない。

男が貴族さんへと向ける瞳には、いつだって羨望《せんぼう》がある。理由は明確だ。特上の環境で育てられたと主張する振る舞い、本来ならば手の届かぬやんごとなき血統《けっとう》、口にしてきた食物もそれに相応《ふさわ》しいことだろう。更には冒険者として適度に動き回り、悠々自適に過ごしている。

つまり、男にとっては滅多にお目にかかれない最高級の。

「死にてぇなら止めねぇけど」

「…………」

ふるりと首を振る姿に、まだその気はないのだと悟る。

今は食事を楽しみたいのだろう。男はそのまま、森の奥へと消えて行った。

後日、味見だけならワンチャンあるのではと動きかけた男が、頭に毒で内臓グズグズにされて喉を蹴り潰されたのを目撃した。殺さず済ませるのが意外でさりげなく聞いてみれば、貴族さんから「なるべく減らないほうが嬉しい」と言われていたらしい。

フォーキ団もぬるくなったものだと、暫く放置した後に解毒剤《げどくざい》と回復薬をぶっかけてやりながらしみじみと思う。口枷をした男が諦《あきら》めた様子はなかったので、いずれまだ同じ光景を見る羽目になるのだろう。

書籍2巻　電子書籍版特典SS

興味の尽きない今日この頃

イレヴンはパーティ入り当初、日々己《おのれ》がどう振る舞うべきか探っていた。

何がリゼルを怒らせるのか。そのぎりぎりのラインは何処なのか。過分な安全策をとる気はさらさらないが、そのラインを踏《ふ》み越えようなどとも決して思わない。

結果、さりげない会話や行動で反応を試して探っている。

「あ、依頼受けてくるッスよ。座って待ってて」

「お願いします」

出しゃばる分には何も言われない。というより、周囲に何かを任せることに抵抗がないようだ。

それが非常に似合うし全く違和感もないあたりが本当に冒険者なのか何なのか。見ていれば積極的に自分から動いていることも分かるのだが、むしろそちらのほうが違和感がある。

「リーダァー、金貸して」

「何割増しで返ってきますか?」

「は?……に」

「またどうぞ」

戯《たわむ》れに金をせびれば、同じく戯れが返ってくる。

特に金に厳しい様子はない。パーティメンバーが何にどれだけ使うかなど、特に留意する点でもないのだろう。これで本気で金に困れば、相応の見返りを示せば貸してくれそうだ。

「この本、つまんねぇッスね」

「君にはこっちのほうが良いんじゃないですか？」

本に関しては、やや慎重になっている自覚はあった。

きっと目の前で破り捨てでもすれば、間違いなく教育的指導を受けるのだろう。あの日の警告など目ではなく本気で怒られる。怒られる程度で済めば良いと思う程に。普段ならばライン探しを楽しむ余裕があるが、この一点に関しては微笑みを見る度に密かに安堵《あんど》してしまう。

「怒りやすい奴でもねぇだろ」

「そうだけどさァ」

あまりにリゼルが読めないので、酒を嗜《たしな》みに馴染《なじ》みの酒場を訪れていたジルへと突撃したこともあった。何も言わず黙々とグラスを磨《みが》く、不愛想《ぶあいそう》な店主がいる酒場だ。

ジルは若干鬱陶《じゃっかんうっとう》しそうな顔をしていたが、叩《たた》き出されなかったのは偏《ひとえ》に面倒くさかったからなのだろう。

「ニィサンは怒ったとこ見たことあんの？」

「ねぇ」

「怒ることとあんのかなァ」

カウンターにジルから一つ席を空けて座っていれば、店主がグラスを差し出してきた。頼んだのは強めの酒だが、この程度で酔うほどやわな体はしていない。

「てめぇが怒られかけただろ」

「そうなるかもって宣言されただけじゃん」

グラスを手にとりカラリと回し、慣れた手つきで呷《あお》る。

「他の冒険者に絡《から》まれても全然気にしねぇしさァ」

「あいつまだ絡まれてんのか」

「まー最近は少ねぇっぽいけど」

冒険者駆け出しの頃はよく絡まれたと聞いている。

イレヴンとて広義で言えば絡んだ側であり、恐らくその頃に出会ったとしても似たようなことをした筈だ。多少不本意ではあるものの、絡む側の気持ちはよく分かった。

「それでも怒んねぇし」

「むしろ少なからず喜んでんだろ」

「は？　あー……冒険者っぽくて？」

リゼルはいつだって冒険者らしくなろうと頑張《がんば》っている。それが報われたことはないが。

「最初よりマシってマジ？」

「まぁな」

「ふぅん」

一体どれほど冒険者らしくなかったのか。

その全てを知るのがジルなのだろう、と横目で窺うも話す気はなさそうだ。知りたくないと言うと嘘になるが、然程《さほど》気にはしていない。きっと全力で貴族だったのだろう。

だからこそ、気になることもあるのだが。


リゼル相手に試行錯誤する日々が続き、ある日イレヴンはふと気付いた。

「リーダー座って待ってて」

「はい」

朝のギルドは混んでいるので、依頼を受けようとするだけで待つ。

よってイレヴンはパーティ入り当初、新参者《しんざんもの》であるしと一時期それを請《う》け負《お》っていた。何せギルドカードさえ全員分あれば良いので、混み合う受付カウンターに全員揃って並ぶ必要はない。イレヴンは気にしないほうだが、獣人《じゅうじん》はとにかく上下関係に厳しい傾向が強いというのもあるだろう。

スタッドの窓口に当たった時など、物凄く不本意そうな顔をされるので一石二鳥だった。

「(お、座って待ってる)」

座って待てと言ったからか、リゼルは大人しく依頼ボードの前から移動して椅子に腰かけていた。丸々空いているテーブルはなかった為、たまたま一つだけ席が空いていた他所《よそ》のパーティが陣取るテーブルに普通に座ったので、同席となった冒険者達から二度見されている。

ちなみにジルは暇《ひま》潰しに他の依頼を眺めていた。

更に違う日。

「じゃあリーダー、座って見守ってて」

「分かりました」

何となしに伝えた言葉は再び実現された。

依頼受付の列に並び、ふとそちらを見ればリゼルがのんびりと此方を眺めていた。目が合うと微笑まれ、ひらりと手が振られるのに振り返す。

「(………見守られてる?)」


そしてまた別の日、今度は意図《いと》して口を開いた。

「本でも読んで待ってて」

「有難うございます」

相変わらず並びながら眺めれば、予想どおりと言うべきか。リゼルはポーチから一冊の本を取り出して開いていた。そのまま賑やかなギルドの片隅で、優雅に読書を始めている。

「………」

口角が上がるのを、イレヴンは自覚した。

きっとあれは素だ。特に何かを考えて言葉に従っている訳ではない。言われたのならそうしようかと、何となくの流れで。恐らくその程度なのだろう。

ならば、それが何処まで許されるのか。気になるのは当然の流れだった。

そして、様々なパターンを試し始めた。

「じゃあリーダー、俺依頼受けてくんね」

「お願いします」

「はーい、偉そうに待ってて」

ジルから呆れたような視線が飛んできたが気にせず、常のとおり受付へと向かう。

ちらりとそちらを窺えば、リゼルは不思議そうにしながらも、こちらもいつもどおりにテーブルへ歩を進めていた。そして空いていた椅子二つにジルと並んで座り、何かを考えるように視線を流し、そして。

「（お、ちゃんと偉そう）」

腕を組み、足を組み、普段はあまり使わない背もたれへと凭《もた》れて座る姿は全く見慣れない。どこからか「リゼル氏がぐれた！」やら「誰が怒らせた！」やら聞こえてくる。そして会話を聞いていたらしい者達からは「あれが貴族さんの偉そうのイメージなのか」やら「普段のがそれっぽいよな」やら聞こえてくる。

込み上げる笑いを耐えながら眺めていれば、お前のせいだと言わんばかりのジルの視線が刺さった。

またある日は、手合わせで負けた腹いせに八つ当たりを盛り込んでみた。

「リーダー、行ってくっからニィサン苛《いじ》めて待ってて」

「分かりました」

「分かるな」

ただ、これは失敗だった。列から眺めているだけでは会話が聞こえなかったからだ。可笑《おか》しそうに笑うリゼルと嫌そうなジルの姿に、恐らく伝えたとおりに実行してくれていたのだろうとは分かったが。

後程ジルに何があったのか聞いてみたが、一発ひっぱたかれて終わった。


その日は、ジルだけ別の依頼を受けていた。

「じゃあオラつきながら待っててー」

「？　はい、行ってらっしゃい」

元々、三人で依頼を受ける予定はなかった。ジルは普段と同じように一人で勝手に依頼を受けにきて、リゼルも趣味全開の低ランク依頼を受けにきて、そしてイレヴンが勝手にそれについてきたのでギルドで鉢合《はちあ》わせただけだ。

「あんま遊ぶなよ」

「ニィサンに言われたくねぇし」

ジルについて依頼の列に並び、イレヴンはにんまりと笑う。

言い残すように離れたので、リゼルは告げられた意味を分かっていないだろう。驚くほどの知識を持ちながら、スラングに対しては無知と言って良いほどに弱い。時々、冒険者達の会話を聞いては「何語だろう」みたいな顔をしている。

「ニイサンはそういうの教えねぇし」

「必要ねぇだろ」

視線の先で、リゼルがヒントを求めるように周りを見渡した。

すると近くにいた冒険者達が何故かチラリと視線を交わし合う。そして何故か徐《おもむろ》に互いの胸ぐらを摑《つか》み、何故か争うように互いを睨《にら》み付けた。本当に何故なのかと面白おかしくそれを眺める。

「ッだコラー、やんのかオラー」

「すっぞオラー」

棒読みだ。

成程こういう、とリゼルが天啓《てんけい》を得たかのように頷く。イレヴンが噴き出しそうになるのを堪《こら》え、そして冒険者達が達成感に満ち溢《あふ》れている前で、リゼルは動いた。

片足を椅子へと持ち上げ、二秒。やや申し訳なさそうに足を下ろす。次に立ち上がって壁に凭れ掛かり、きゅっと眉《まゆ》を寄せながら腕を組み、三秒。むにむにと眉間《みけん》を揉《も》みながら椅子へと戻る。

そして最終的に、何事もなかったかのように本を取り出して読み始めた。

「(諦めた……!!)」

思わず動向を見守ってしまった面々の心の叫びが聞こえてくるようだった。

「あれ俺ら?」

「じゃねえの」

何とも複雑そうにジルを見れば、此方もやや顔を顰めながらリゼルを見ている。

「あれって素？」

「多少は楽しんでんだろ」

「あー」

視線がリゼルから散り、同じくイレヴンも依頼受付の順番が来たジルを眺めた。

ギルドカードと依頼用紙を職員へ渡し、手続き。その間、冒険者は特にやることがない。注意事項や質問があれば別だが、職員にもジルにも特にないようで口は開かれない。

「あの人さァ、何であああなの？」

「あ？」

なら良いかと問いかけ、それに振り返ったジルに視線を合わせる。

誤魔化《ごまか》すことは許さず、詮索《せんさく》の意図を隠さない。そんな意図を込めて。

「すっげぇ従順」

リゼルは非常に貴族らしい人物だ。

品があり、物腰穏やかで、しかし確かに隠しきれない傲慢《ごうまん》さがある。それが不快でないのは、それが当然であると思わせる存在感ゆえか、単純に人柄もあるのだろう。

だからこそ矛盾《むじゅん》している。気付いたのは、つい最近だ。

こんな戯れで再確認などしてみたが、恐らくこの結論は間違っていないだろう。リゼルは自身を他人の損とはしない。何を思われようと、たとえ拒否されようと、相手の利益となるよう動く。それであってもリゼルに損はなく、あるいはちゃっかり利を得てしまう為に分かりにくいが、極々《ごくごく》自然な行動理念としてそれが存在している。

もっとも、その恩恵を受けられるのは彼と親しい者に限るのだろうが。

「あれも素?」

畳みかけるように告げれば、向けられた瞳が鋭さを増しながらゆっくりと細められた。

「だったら?」

「別にィ」

唇の端を吊《つ》り上げてみせれば、ふとジルの視線が逸《そ》れた。

依頼受諾《じゅだく》の手続きが終わったのだろう。受け取ったギルドカードを手にイレヴンの横を通り過ぎていく。すれ違い様、届いたのは深く静かな声だった。

「誰の為にああなってんのか、聞きてぇなら本人に聞け」

ジルへ視線を向けることなく、イレヴンは空いたスペースを詰めた。

自身のものとリゼルのもの、二枚のギルドカードをギルド職員へと渡す。

「(損、させられてぇ訳じゃねぇけど)」

リゼルのあの性質は、誰の為のものなのか。イレヴンは然程気にしない。

ただ、一つの目安とするだけだ。きっと些細《ささい》な損失を、意図せず与えられた時こそ対等に並び立てた時なのだろう。それは少し、楽しみだった。

「リーダーお待たせ」

「有難うございます、イレヴン」

向けられた微笑みに、にっこりと笑ったイレヴンの顔には窺いの色など欠片もなかった。

書籍3巻 TOブックスオンラインストア特典SS

湯に沈む傷跡《きずあと》

深夜、魔鉱国《カヴァーナ》のとある宿。

温泉が売りのその宿で、今まさにのんびりと湯に浸かりながら、イレヴンは隣でくつろぐリゼルをチラリと見た。熱すぎて一人では湯に浸かれない為にいつも同伴させているが、それに対してリゼルが文句を言ったことはない。実家では湯舟があるのが普通だったというし、基本的に風呂が好きなのだろう。

髪の一筋から雫《しずく》を落とし、月を見上げる湯煙越しの姿は絵になるが、リラックスしているようなので恐らく大したことは考えていない。お腹が空いた、その程度かもしれない。

「イレヴン、のぼせてないですか?」

「まだだいじょぶ」

熱いのが苦手な癖にがっつりと肩まで浸かり、イレヴンはのびのびと足を伸ばした。魔法で冷ましてもらっている範囲を出た足先が熱かったが、すぐに範囲が修正されたのか熱を感じなくなる。

「そういやさァ」

臍《へそ》の隣にある鱗《うろこ》を指で弄《いじ》りながら、思い出したように口を開いた。

「はい」

「足の傷、何で？」

「そんなに気になりますか？」

「気になんスよね」

温泉効果か、両者の声色《こわいろ》は若干緩い。

互いに〝のぼせかけてるんじゃ〟なんて思いつつも、ふいにリゼルがゆるりと微笑んだ。

「本当に俺は覚えてないんです。お父様からこういうことがあった、と聞いただけ」

「ふぅん」

イレヴンはつ、と視線だけをリゼルへ滑らせた。

笑みに他意はなく、憂《うれ》いもない。いけるか、と微かに身を乗り出してみせる。

「聞いていい？」

水滴が顎を伝い、水面へと落ちて水音を立てた。

「良いですよ」

「……すっげぇあっさり」

拍子抜けするほどすんなりと受け入れられ、引いた体を再び湯の中に沈める。

傷が話題に上がった時には焦《じ》らした癖に、と物言いたげにそちらを見れば、ややばつが悪そうに苦笑された。言いづらい事情がある、という訳ではなさそうだ。

「君達みたいに歴戦《れきせん》の証、とかじゃないですし」

「俺ら別に誇ってねぇじゃん」

「そうですけど」

傷跡はただの傷跡だろうに一体何を、と疑問には思うが置いておく。

その自慢の思考が時々斜め上に暴走するのは、いわゆるリゼルの思う冒険者のロマンの影響だろう。だがその体に傷をつけさせる予定は今後一切ないので諦めてもらうしかない。

「何、そんなしょーもない傷跡なんスか」

「いえ、それ程しょうもなくも……」

うーん、と何かしらの抵抗を図っているらしいリゼルを暫く眺め、視線を水面に落とす。

湯の中で揺らめくタオル、リゼルのそれから時折覗く傷跡は、変わらずぐるりと脚に巻き付いていた。最上級の回復薬を所有するだろう家柄にもかかわらず、跡が残るほどの深手《ふかで》。

リゼル曰く、ぎりぎり一周はしていないらしいが。

「本当に、俺は全く覚えてませんからね」

「良い良い」

少し暑くなってきた、と後ろ手に肘をついて上体だけを湯から逃がしながら、イレヴンはさて何が聞けるのかと楽しそうに唇の端を吊り上げた。


それはリゼルにとって、まだ魔術と手品の区別もつかなかった頃。魔力が何かもよく分からず、魔道具が動く原理も分からなければ、気にもならなかった頃の話。

その日のリゼルは父親の膝《ひざ》に乗り、絵本というには少し文字の多い本をにこにこと見下ろしながら、時折ぱたりと膝小僧の覗く足を揺らしていた。

「先日の嵐で半壊した橋ですが――」

「そうだね、そのまま彼らに補修を――」

父親の執務室で、仕事の話をする声を聞いているのがリゼルは好きだった。

何を言っているのかは分からないが、とても落ち着いたからだ。時折ずり落ちていく体を支えてくれる腕も、慈《いつく》しむように髪を撫でる大きな掌《てのひら》も心地好い。

いつの間にか寝てしまうことも、自室のベッドで目を覚ますこともしばしばあった。

「……………?」

だから、その日もそうだと思った。

思考が白く染まっていくように、落ちていく瞼《まぶた》に不思議と逆らえない。本を支える手からも力が抜けて、バサリとそれが床へと落ちた。拾わなければと思うが、体は深く父の膝へと沈んでいく。

「リゼル？」

「んぅ」

囁《ささや》くようなそれに返事をしようにも、とにかく眠たかった。体を支えるように腹にあてられた掌が温かく、それがまた眠気を誘う気がして、ゆらゆらと頭が揺れる。

「おや、お休みですか」

「いや……」

微笑ましそうな執事長《しつじちょう》の声と、訝《いぶか》しげな父の声。

「ッリゼル！」

直後、光が溢れた。

聞いたことのない険《けわ》しい声色に薄《う》っすらと目を開ければ、自らの片足を通り抜けるように複雑な魔術陣が広がっている。きれいだなと、ぼんやりとそれだけを思っていた。

「すぐに魔術師を」

「承知致しました」

まるで、腿《もも》の内側から広がっているような魔術陣。

それに接している肌から、ぷつりと赤が溢れた。怪我《けが》をしてしまったのかな、と他人事《ひとごと》のように思う。痛みは全くない。酷い眠気に何も感じられなかった。

「リゼル様！」

ふつり、ふつり、と線を引くように赤が広がっていく。

スゥ、と足の中に冷たい何かが差し込まれていくようだった。ひんやりとした何か。意識を失いかけた頭の片隅で、リゼルは辛うじてそれだけを感じていた。

「すぐに」

「駄目だ」

回復薬を取り出しかけた執事長を父親の声が止める。

いつも穏やかな父親が厳しい表情をしているのは、腕の中にいるリゼルには見えなかった。うとうとと、完全に瞼が落ちて顎が下がる。

「……転移魔術かな」

「⁉　リゼル様が……ッそれは」

「ああ、有り得なくはない。ただ、このままだと持っていかれる」

父親と執事長の声は聞こえるのに、会話の内容は全く頭に入ってこない。

それでも良いか、とリゼルは真っ暗になった瞼の裏でゆるゆると最後の力を抜いていく。だって、いつものことだ。執務室の父の膝の上、水底《みなそこ》に落ちていくように眠りにつく心地好さ。

「リゼル、起きなさい」

体を揺さぶられるも、到底眠気には勝てない。

「魔術師は」

「呼びにいかせております。ただ、転移魔術となりますと」

「仔細《しさい》を知る者はここに居ない、か」

二人が何かを話している。

先程まで感じていた冷たさは足の表面から内部へ。どんどんと浸食してきていた。

「魔力の扱いなんて、まだ教えていないからな……ッ」

ふいに体の位置がズラされ、バチンッと強い衝撃《しょうげき》を頬《ほお》に感じた。

「リゼル！」

一瞬、沈みかけた意識が微かに浮き上がる。それは覚醒《かくせい》には至らなかったが、体がほんの少しの危機感を思い出すには十分だった。

足に差し込む冷たさがじわじわと全身に広がったような気がして、リゼルは毛布を探すように身じろいだ。本当に寒いのかも分からないまま全身が小さく震える。頬に当てられた父の掌の温度に擦《す》り寄《よ》って暖を取る。

「魔術陣が……っ」

次の瞬間、光が急激に弱まった。

「助かった……魔力不足だったんだろう」

「旦那様、リゼル様の御々足《おみあし》を」

「ああ、分かっているよ」

ふいに、足の冷たさが薄れていく。

安堵の混じった二人の声にリゼルも無意識に安心し、そして今度こそと意識を手放した。相変わらず体は震えたままだが、もはや気に掛けることができないほどに眠い。

「魔術陣が消えたら出血がある。すぐに回復薬を」

「承知致しました」

握《にぎ》られた腿に幾本もの回復薬がかけられる頃には、リゼルはすっかりと穏やかな眠りに落ちていた。

これらを全く覚えてないのだから凄い、とイレヴンは語られた過去に口元を引きつらせた。

「そんなことがあって、傷が残ったみたいです」

「えー……がっつり足持ってかれかけてんじゃん」

イレヴンが見る限り、傷跡はほぼ一周している。

表面上だけかと思いきや、もしかしなくとも骨まで行ったんじゃなかろうか。どこぞの人外と違って、よく後遺症もなく治ったものだと感心してしまう。

「流石貴族、良い回復薬持ってんスね」

「助かりました」

イレヴンは喉を反《そ》らし、天を仰《あお》ぐ。

月は高く、時折薄っすらとした雲に隠される。だが星が綺麗《きれい》に見える、良い天気だった。夜に良い天気というのもおかしい気がするが。

「でも流石に跡は残るかァ」

「その時は綺麗に治ったみたいなんですけど、育つごとに出てきましたね」

「あー」

イレヴンにも覚えがある。

使った当時は〝治った治った〟で済むのだが、ふと気付いた時に傷になっていて何時のものか全く分からなくなるのだ。幼少時代に回復薬が必要な大怪我を負った者あるあるだろう。

「つっても特級なら完璧に治んねぇんスか」

「うちは迷宮探索が盛んじゃないので。特級なんて城ぐらいにしか置いてませんよ」

「へぇ」

そういえば冒険者の存在がないのだったか。

とはいえ、綺麗にスッパリ切れたなら上級で十分に治る傷だ。女じゃないのだから、傷跡の一つや二つ然《さ》して気にすることもない。

「そん時がリーダー初めての転移魔法？」

「転移魔術、です」

「んぁ、そっか」

夜風に晒《さら》して熱気の引いた上体を、ずるずると再び湯の中に沈める。

肩まで浸かれば「のぼせますよ」の声。同時に少しだけ湯が温《ぬる》くなった気がして、気分も上向きにそれを掻き混ぜる。

「随分と驚かれたんですよ。確かに血筋的には可能性がありますけど、父も祖父も全く使えませんでしたし」

まぁ何代か空けての素養の開花もおかしくはないしな、で済んだというのだから凄い。

リゼル曰く、陛下のお陰。確かにあれだけの魔力やら素養やらがあれば、少しばかり転移魔術が使えるだけのリゼルが担《かつ》ぎ上げられることもないだろう。平和で何よりだ。

「ん？」

「ん」

ふと、疑問を抱く。

「それ、トーゼン特訓したんスよね」

「転移魔術？」

「そう」

少し熱くなったのだろう、姿勢を正すように鎖骨《さこつ》まで湯から出したリゼルを横目に、イレヴンは堪能《たんのう》しきるように顎まで湯に沈める。硫黄《いおう》の匂いはすでに気にならない。

「誰か教えられんの？」

「ああ」

濡れて張りつく髪をそのままに、リゼルが納得したように、そして可笑しそうに笑った。

「陛下のお父様です。つまり、前国王陛下」

「すっげぇＶＩＰ～」

「でしょう？」

子供に魔術教室なんて国王も暇なんだな、と思ったらそうでもないようだ。

その時、リゼル曰く前国王はまだ王位に就《つ》いていなかったという。継承《けいしょう》準備だけは長々と続けられていて、その息抜きにと教授《きょうじゅ》を引き受けてくれたらしい。

「お父様と前国王陛下、年も近いし交流もあったそうで、そのツテで」

「あの父親かァ」

あのキングオブマイペースみたいな父親かァ。

思わず内心で繰り返し呟《つぶや》き、イレヴンは再び空を見上げた。何故か初見で「盗賊の首領っぽい」と断言されたのを地味に覚えている。一言も喋《しゃべ》っていないというのに何を以《もっ》てそう断言されたのか。

「……………その前へーカってどんな奴？」

そんな男の、元主君。ということになるのだろうか。全く想像がつかない。

「陛下のお父様は、そうですね……覇王《はおう》なんて称されるぐらい、威厳《いげん》と覇気《はき》に溢れた方でした」

「はおう」

「まるで竜のようだ、なんて噂もされてて」

まぁヘーカの父親なら納得だけど、と頷く。

そんな人物相手に幼いころ魔術の使い方を習ったというのだから、頼んだ父親が凄いのか、気にせず教わるリゼルが凄いのか。両方か。マイペース親子め。

「よく他国に行くと、俺達の代は平和で良かったってしみじみ言われるんですよ」

「ちょっとよくわかんない」

リゼルが度々口にする陛下トークは平和とは程遠く、そしてイレヴンが思うにリゼルも決して大人しい訳ではない。こちらでも周囲を振り回しているのだから、元の世界でも似たようなものである筈だ。

「何、前は戦争ふっかけ回ってたんスか」

「いえ、そういう物騒《ぶっそう》なのじゃなくて……何て言うんでしょう、色々フリーダムというか」

リゼルが言うほどかと思うと色々怖い。

「俺達は、陛下がトップで纏《まと》まってますし」

「前ヘーカだと纏まんねぇの？」

「お父様もなんですけど、〝忠誠は王より国へ〟っていう領主が多くて。前国王陛下も似たような感じなので自然とそうなったんでしょうね」

有能な個人主義が集まるとそうなるのだろうか。

各々《おのおの》国の為に動き、己の考える最善を実行する。なまじ有能なだけに国へと大きな利益を生むが、その方法が身内内で対立することも多々あったという。

「そこは覇王の本領発揮《はっき》で、見事に纏め上げたそうです」

「へー」

イレヴンは雫の滴る前髪を掻き上げ、そして思う。

何というか、色々と凄まじい。国を纏める人間が須《すべか》らくこうだというなら、果たして自分は盗賊団として国に喧嘩《けんか》を売っただろうか。いや売っただろう。きっと面白半分で売る。

ただ、リゼルのいた国に関しては確実に手を出さなかったに違いない。引き際の分からない盗賊など早死にするだけだ、そう湯船から立ち上がりながらしみじみ思う。

「そういや覇王とか、元ヤンとか、そういう異名《いみょう》って色々あんの？」

「ありますよ。本人達が名乗った訳じゃないですけど、いつの間にか」

やばい、ちょっとのぼせた。と適当に水を被《かぶ》る。

リゼルはもう少し入っていくようで、ほのほのと微笑みながら此方を振り返った。

「覇王の前が聖王《せいおう》、その前が死神王《しにがみおう》」

「ひっでぇ温度差」

周辺諸国の外交官はキレても許されるだろう落差を見た。

書籍3巻　電子書籍版特典SS

聞き役の昼下がり

洒落《しゃれ》た招待状を送られ、馬車による迎えを寄越《よこ》され、揺られること暫く。

リゼルは一人、迎え入れられた客間で紅茶を片手に屋敷の主と向かい合っていた。

「足を運んでもらってすまないね。どうしても新入りを自慢したかったんだ」

「いいえ、御招きいただき有難うございます」

目を惹《ひ》く金の髪と金の瞳、整った顔に浮かんだ快活《かいかつ》な笑みに微笑む。

初めて屋敷へと招待された時、思う存分レイの迷宮品コレクションを紹介され、それを非常に興味深く眺めていたのを覚えていてくれたのだろう。

レイのコレクションには、貴族の持ち物らしい美術品としての迷宮品以外にも様々な迷宮品がある。リゼルとしても多種多様なコレクションを眺め、冒険者としては大変やるせない迷宮品を自分以外も出しているという事実に心安らぐというものだ。

「よほど期待の新人なんですね」

「勿論だとも」

可笑しげに零《こぼ》せば、レイも笑みを深めて舞台役者よろしく大きく頷いてみせる。

「そうだな、あれから行こうか」

レイが扉の前に待機していた使用人に手を上げてみせれば、運び込まれてきたのはトレーに載せられた一枚の皿だった。一見すると白くて丸い普通の皿だが、話の流れからして勿論迷宮品なのだろう。

「お皿ですね」

「だろう？」

割れない、汚れない、それらは迷宮品の皿ならば珍しくはない。

しかしレイが自信を持って勧《すす》めるのだ。そんなつまらないものではないだろう。

「さぁ、持ってごらん」

促《うなが》されるままに手に取る。少し傾けて観察してみるも、ただの軽くて良い皿だ。

「リゼル殿、今何が食べたい？」

「今ですか？」

にんまりと笑うレイの問いに、リゼルは皿を手にしたまま考える。

食べたいもの。そういえば先日、宿の子供達が手掴みで何かを食べていた。シュークリームというらしいが、手掴みで齧《かぶ》りつく菓子など一度も食べたことがない。

親が何処からか貰《もら》ってきたのだと、酷く美味しそうに頬張る姿は大変微笑ましかった。そして何とも美味しそうだったものだ。

「あ」

その時だ。白い皿の上に、ポンッと何かが現れた。

本当にポンッだった。白い煙に正体不明のキラキラ。こだわる所にトコトンこだわる迷宮クオリティが、こんなところにまで惜しみなく発揮されていた。

「おや、シュークリームだね」

現れたのは、溢れる程の生クリームが魅力的なシュークリーム。

「子爵《ししゃく》はご存じなんですね」

「勿論だとも、一度だけ食べたことがある。勿論手摑みでね！」

誇らしげに語るレイに、リゼルは尊敬の眼差しを向ける。

一体どこで食べたのかとも思うが、ギルドにも度々顔を出しているようなので、お忍びなどお手の物なのだろう。元の世界の教え子も、何故かやけにそういった下町知識に詳しかった。

「これって」

リゼルは興味津々《しんしん》で手を伸ばし、皿の上のシュークリームに触れる。

だが固い。凄く固い。明らかに食べ物ではない。まるで皿の延長のように陶器《とうき》がそれを象《かたど》っていた。

「凄いだろう？　本物にしか見えないというのに」

「凄いですね」

それもそうか、とリゼルはまじまじと偽物のシュークリームを眺めた。

食べたいものが何でも出るなど、ボス素材や迷宮の初回攻略報酬《ほうしゅう》でも有り得ないだろう。流石に万能すぎる。いや、月一という制限などが付いているなら有りそうだが。

「でも、ちょっと残念です」

「何、シュークリームなら私が連れていってあげよう。良い店を紹介するよ」

「本当ですか？　楽しみです」

微笑めば、レイは任せろとばかりに笑って頷いた。


次に運ばれてきたのは本だった。

迷宮品の本、略して迷宮本。その内容は多岐《たき》にわたる。純粋に攻略に役に立つ情報であったり、あるいは美術品として特化していたり、または積極的に冒険者に喧嘩を売ってきていたりする。

読むのを楽しみにしつつ、しかしリゼルは不思議そうにレイを見た。

「子爵は、本はあまり集めてませんでしたよね」

「そうだね。余程《よほど》美しい見目でもなければ、一冊あれば十分だ」

レイの収集癖に、実用性は考慮されない。

他にはない一点物の美しい芸術品として、あるいは心躍《おど》る要素を求めて。その基準は本人にしか分からないが、本の内容にそれらを求めることはしないようだ。

「本のコレクターも知っているけれど、見栄《みえ》の為に集めている相手ばかりだ」

そのコレクターの気持ちも少し分かってしまうリゼルだった。

他者に自慢したい訳ではない。勿論読んでこその本だ。ただ本当は、此方に来てから手に入れた本を空間魔法ではなく本棚に並べておきたい。そしてゆっくり眺めながら、どれを読もうかなと選びたい。そこにある確かな自己満足。素晴らしい。

「美術品は心を豊かにする為にあるものだろう？」

「実用品とは言わないんですね」

「活《い》かす機会がないからね」

快活に笑うレイに、さもありなんとリゼルも頷いた。

迷宮品の本の内容は、大体が手に入れた迷宮に依存する。攻略情報だろうが、迷宮内で冒険者がかましたスベッたジョーク集だろうが、確かにレイの収集目的とはズレそうだ。

「でも、これも普通の本にしか見えませんけど」

「そうだろう？」

リゼルは視線をテーブルの上の本へと戻す。

革張りの装丁、金の装具。物としては良いのだろうが、レイが興味を惹かれるものだとは思えない。促されて手に取り、表紙を指先でなぞった。

「話題の冒険者会話集」

金字の題字を読み上げれば、レイが満足げに目を細める。

「いや、珍しく内容に惹かれてしまってね。リゼル殿も読んでみると良い」

促され、不思議に思いながら表紙を開いた。

【これは迷宮において、よく話題に上がる冒険者に関する会話集である。】

一ページ目の中央の、そんな一文から書籍は始まった。

こういった冒険者ネタは、本を手に入れた時に比較的近い期間のものが掲載されるという。この本が最近のものなのかは分からないが、冒険者歴も長ければ知名度も高いジルなど多く載っているのではないだろうか。しょっちゅう迷宮に潜っているし。

何故か酷く面白そうなレイが見守るなか、リゼルは期待に心躍らせながら次のページを捲《めく》った。

【第一節　最強と呼ばれる男】

「一刀また迷宮攻略したって？」

「知らねぇよ。あいつギルドにも言わねぇし」

「何してぇんだよ」

「攻略してぇんだろ」

「だからそれが何でかっつうさぁ」

「知らね。趣味じゃねぇの」

「そういや昨日ギルドで絡まれてんの見た」

「絡まれすぎだろ」

「まぁ俺らも絡んだけどな」

「それな」

「まぁキレェーに流されたけどな」

「それな」

「でも頑張って絡んだ奴ら見ると流されて良かったっつうか」

「昨日のヤツ蹴りで胸当て潰されてた」

「勿体《もったい》ねぇ」

「足癖悪《わり》ぃ」

「体格良いっちゃ良いけどよ。そこまでかって思うよな」

「あんな剣使ってよく体幹《たいかん》ブレねぇわ」

「ありゃ自己流じゃねぇなぁ、何となく」

「最強に師匠いるって?」

「超最強じゃん」

そういえば、ジルから誰かに剣を教わったことがあるとは聞いたことがない。

まぁどちらでも良いし、とリゼルは気にしないままページを捲った。

【第二十四節　異色の新人冒険者】

「おい、見たか一刀とつるんでんの」

「見た」

「見た」

「やべぇよな」

「やべぇ」

「何がやべぇのか分かんねぇやばさ」

「あれ良いのか、ギルド的に」

「つっても登録できたんだろ。良い、んじゃ、ねぇの……？」

「よくつるめるよな」

「どっちが？」

「どっちも」

これは陰口を言われているのだろうか。

リゼルは真剣に考え、まぁ悪意はなさそうだしと気にせずページを捲った。

【第三十五節　無自覚な当事者たち　一章】

「ジル、宝箱ですよ」

「開けるか？」

「良いですか？」

「好きにしろ」

「じゃあ開けます」

「まともな迷宮品出ねぇのに諦めねぇな」

「そろそろな気がするんですよね」

「…………何してんだ」

「祈ってます」

「何に」

「迷宮に」

「何だそれ」

確かこの時は〝絶対にスプーン一杯が理想量になるティースプーン〟が出た。

中層の宝箱だけあって、実用性だけ見れば割と高い。冒険者的な意味ではなく。

【第四十二節　無自覚な当事者たち　二章】

「あ、宝箱ですよ」

「お前開けろ」

「ニィサンって異様にリーダーに開けさせせねぇ？」

「その内分かる」

「イレヴン、良いですか？」

「俺は良いッスけど」

「じゃあ開けますね」

「……」

「………」

「…………………あれ何してんの？」

「祈ってんだろ」

「何に？」

「迷宮に」

「は？」

確かこの時は〝確実かつ正確に三分計ってくれる砂時計〟が出た。

浅層《せんそう》の宝箱だけあって見目は在り来《あき》たりな砂時計だったが、果たして三分が求められるシーンが来るのだろうかと疑問に思ったものだ。

【第六十三節　無自覚な当事者たち　三章】

「あ、リーダー宝箱、宝箱開けて」

「君達のほうが良いもの出るじゃないですか」

「価値的には変わんねぇだろ」

「そうですけど」

「ほら、リーダー」

「君達、絶対笑うでしょう？」

「笑わねぇよ」

「絶対ですか？」

「絶対ぜったい」

「なら良いですけど」

笑われた。

「ちょっと恥ずかしいですね」

特に題名部分が何とも言えない。

本を返せば、レイは少し意地が悪そうに笑ってそれをテーブルの上に戻す。そのまま使用人に片付けさせる辺り、ただリゼルに見せる為に手に入れた訳ではないのだろう。

つまりしっかりコレクションの一つにされる。光栄なような、そうでもないような。

「もうちょっとこう、きちんとした話をしてるところとか」

「おや、どんな話をしてるんだい？」

「そう言われるとパッとは思いつかないんですけど」

あれ、と今気付いたかのようなリゼルをレイは愉快げに眺める。

ちなみに迷宮品の本というのは劣化知らずの破損知らず。冒険者がどんなに自身の黒歴史を残すまいと本ごと燃やし尽くそうとしても残る。意地でも残る。知名度が高い者ほど本に何を書かれるか気が気でない。

「これ、探してくださったんですよね。大変じゃなかったですか？」

「分かるかい？　いや、苦労したとも！」

レイが金の目を輝かせて意気揚々と口を開いた。

目当ての品入手のための苦労話は、コレクターのコレクション自慢において決して欠かせないものだ。苦労すればするほど価値も上がるというもので、彼も例に漏れず生き生きと語り始める。

「普段はオークションで見つけるか、商人が売りにくるけどね。これは特別だ。何せ、あの不愛想な領主《シャドウ》から届いたものだからね！」

「領主様が？」

リゼルはふと、商業国《マルケイド》で目にした存在を思い出す。

美しい顔から忌々《いまいま》しそうに零される鋭い舌打ち。付き合いの長い知人だと聞いていたが、彼相手にそんな要求が通るならば確かにそうなのだろう。

「私一推しの冒険者の絵画か何かあれば送ってくれと、そう伝えておいたんだ」

肩を竦《すく》めるレイに、本命は絵画だったのだと分かる。

その絵画に自分が描かれていたとして、きっと飾られるのだろうと容易に想像がついた。本がアレだったので、絵画のほうは良い感じに冒険者らしく描かれていてほしいものだ。

「リゼル殿も、何かあれば奴に頼んでみると良い」

淹《い》れ直された紅茶を片手にしみじみと考えていれば、ふとレイがそう告げた。

リゼルはぱちりと眼を瞬《またた》かせ、そして可笑しそうに目を細める。そのまま紅茶を一口含み、ほっと一息。いつか顔を合わせたシャドウのしかめっ面を思えば。

「あまり、歓迎はされなさそうですけど」

「まさか。この本も、一度くらい目を通しているかもしれないよ」

「あのお忙しい領主様がですか？」

笑い合い、そしてレイも紅茶を手に取る。その視線が真っ直ぐにリゼルを射抜いた。

「けれど、頼めば良いというのは本当だ。ああ見えて、情に厚い男だからね」

「分かりました」

リゼルは反論せず頷く。

あれほど商業国の為に全てを投げ打つ存在が、情に欠ける筈がない。

「その時は、遠慮せず頼んでみますね」

「そうすると良い」

楽しそうに笑い声を上げたレイは、さて続きだと言うように再び使用人へと声をかけた。


大侵攻《だいしんこう》の後、商業国を離れようとする直前。

ジル達に出発の準備を任せ、リゼルは最後の挨拶にとシャドウの元を訪れていた。本当は忙しいだろうからとインサイにのみ声を掛ける予定だったが、当の翁《おきな》に遠慮するなと連れられたのだ。

「出発か」

机につき、書面から視線を上げない相手にリゼルは気にせず微笑む。

「言うまでもないでしょうが」

「エルフのことは他言《たごん》しない」

「有難うございます。伯爵《はくしゃく》も、お体にお気を付けて」

あまり長居をする訳にもいかないと、それだけを確認して別れの挨拶を告げる。

その時、ふとシャドウの視線が書面から外れた。やや憮然《ぶぜん》とした顔が此方を向き、そして鋭い舌打ちを一つ零す。彼の舌打ちは本当に、鼓膜《こまく》を震わせるほどに強い。

「……貴様らのことも、必要以上に報告する気はない」

「良いんですか？」

「余分な厄介事《やっかいごと》を抱える気もないからな」

さもありなん、と頷くリゼルに彼は数秒黙り込み、そして忌々しそうに再度口を開いた。

「貴様らも、厄介事はあの馬鹿に押し付けておけ」

「子爵でしょうか」

「ああ見えて、自分が楽しければ良い男だ。その種を手放す気もないだろう」

つまり、上手く立ち回って誤魔化してくれるだろうと、そう伝えたいのだろう。

リゼルは喜ぶように破顔して礼を告げた。そして部屋を去る。その後、残されたシャドウが一人、服に差し込んだ眼鏡《めがね》に触れたことなど知る由もなく。

「本当にまともな迷宮品を引けないのか」

零された声は誰の耳にも届かず、すぐに再開されたペンの音に掻き消された。

書籍4巻　TOブックスオンラインストア特典SS

世に解き放たれた最強

それは、互いに何の感情も孕《はら》まない事務的なやり取りだっただろう。

ジルが侯爵《こうしゃく》家で過ごした数年、ほとんど顔を合わせなかった血縁《けつえん》上の父に呼び出されて告げられたのは、以降の人生を決定づける選択であった。

『このままの暮らしを続け騎士《きし》となるか、出ていくかを選べ』

『出てく』

威厳の籠《こ》もる声にあっさりとそう返し、ジルベルトは自由となった。


相手がどう思っているかは知らないが、ジルベルトは両者合意の上での結論だと納得している。剣という存在に出合う機会を与えられたことには感謝すらしており、実戦に飢《う》えたが故《ゆえ》の選択であった。

使い慣れたロングソードと故郷までの路銀《ろぎん》だけ持ち、屋敷を後にしたジルベルトはその足で故郷への馬車に乗り込んだ。故郷の方向に向かうというだけで、途中からは歩かなければならないが。

初めて乗った乗合《のりあい》馬車は、座席もなく乗り心地の良くないものだった。同行者は大人の男が二人、そして冒険者の男女が三人。時折視線を寄越されるのは、ジルベルトが持ついかにも強者じみたオーラが故なのだろう。

生来、何故かそう見なされることが多かった。剣も握ったことのない子供時代に、村に訪れたいかにも〝強さを追求しています〟といった武芸者から手合わせを申し込まれたこともある。村長である祖父が必死に止めていたが。

「よう坊主《ぼうず》、良い剣持ってんじゃねぇか」

尻に伝わる振動に辟易《へきえき》していれば、話しかけてきたのは冒険者の内の一人だった。もはや老齢に差し掛かる、いかにも屈強《くっきょう》な男だ。肩に剣を立てかけ、何をするでもなく座っていたジルベルトは応えるようにそちらを見る。

村でも、幾度か冒険者を目にする機会があった。大抵が依頼を受けて魔物退治に来た者達で、剣術に出会っていない当時は彼らの強さなど全く分からなかった。だが、今は違う。

「よく使い込まれた、良い剣だ」

強いなと、内心で零す。

ジルベルトとてそれなりの力は身に着けたつもりだ。騎士の本家本元、そこで次々と派遣されてきた剣の師である騎士達と互角《ごかく》以上に打ち合えた。

「本番を知らねぇのが可哀相《かわいそう》ではあるがなぁ」

やや嗄《しわが》れた深い声が、ニヒルに笑みを浮かべた唇からそう告げた。

そのとおりだと、布を巻きつけた剣を一瞥する。屋敷の庭で行う真剣を使った打ち合いを、実戦と呼ぼうとは我ながらとても思えない。だからこそ此処に居る。

「分かんのか」

「たりめぇだろうが」

興味を惹かれた。自身の知らぬ実戦を、魔物との戦いを生き抜いてきただろう男に。

冒険者は無造作に伸ばした無精髭《ぶしょうひげ》をざりざりと撫でながら、ジルベルトを上から下まで一瞥する。侯爵家で用意された服、剣、訳ありなのは一目瞭然《いちもくりょうぜん》だろうに男は何も言わなかった。男の仲間は、いつものことだとばかりに此方を気にせず雑談に興じている。

「こんだけ見所のある奴ぁ久々だ」

男は、酷く楽しそうに笑った。

「どうだ、坊主。この旅で童貞《どうてい》捨ててみるか」

言い方は酷く不快だったが、興味のそそられる申し出だった。逸《はや》るように、ぴくりと剣に触れる指先が動く。

「何言っとるお前は！」

しかし間髪入れず差し込まれたのは、御者席《ぎょしゃ》からの大声だった。

「儂《わし》の客そそのかすな、その為に雇っとんだからお前が働けぇ！」

「うるっせぇな爺《じじい》はよぉ！　そんな大声出さなくても聞こえんだよ！」

「爺に爺言われる筋合いはねぇわ！」

この馬車を頻繁《ひんぱん》に利用しているのだろう。他の乗客は「また始まった」とばかりに、呆れたように笑っていた。そして男が仲間に宥《なだ》められ、御者がまぁまぁと他の客に宥められ、二人の喧《やかま》しい言い合いは徐々に収束していく。

「つってもよぉ」

男が胡坐の上に肘をつきながら此方を向いた。

「放っておいても、こいつは剣握るぜ。なぁ」

「……」

何も言わず男を見る。

「若《わけ》ぇ癖に、抜き身の剣みてぇな気ぃ撒《ま》き散らかしやがって。これだから素人はよ、ちったぁ落ち着けってもんだ」

やれやれと首を振る男は、若い奴で遊ぶなと仲間に揶揄《やゆ》されている。

窓の外へと視線を流し、ジルベルトは思案した。確かに実戦に飢えている自覚はあった。だがそれほど外に出していたかと、何となく見下ろした手を開閉させる。

「で、だ。どうする坊主、俺らの獲物を分けてやろうか？」

「ああ」

色々と思うところはあるものの、今はとにかく剣を振りたい。迷わず肯定《こうてい》を返してみせれば、男はそうでなければと獰猛《どうもう》に笑った。

魔物が現れたのは翌日の昼だった。

相応の警戒をしながら休憩のために馬車を止め、乗員全員が凝《こ》り固まった体を伸ばしていた時だ。

ふいに感じた敵意に、ジルベルトは眉を寄せて地平線の先を見た。

「良い勘してやがる」

その後ろから、冒険者の男がいかつい大剣を背負って前へ出た。

「おい親父、全員馬車に乗せろ！」

「おう！　そら、急げ急げ！」

乗客たちがバタバタと馬車の中へと退散していく。馬車旅に慣れた者達だけあって、焦った様子はあれど取り乱すような真似《まね》はないようだった。

男が乗客と御者を乗せた馬車を指さしながら告げる。

「あの箱を守んのが俺らの仕事だ。だがまぁ坊主には関係ねぇ、好きに暴れてこい」

冒険者達が各々武器を抜く。ジルベルトも自らの剣を握った。

向かってくる魔物達を見据え、巻きつけていた布に手をかける。抱くのは確かな高揚《こうよう》だった。自然と唇の端が持ち上がるのを感じる。そして角の生えた狼《おおかみ》の姿を持つ魔物が複数、その毛の流れまで肉眼で見えるまで待ち、布を投げ捨て地を蹴った。


「とんでもねぇ坊主だなぁ」

その日の夜、馬車に乗る前に買い込んだ固いパンを齧《かじ》るジルに男が笑う。

男の手には酒瓶《さかびん》。荷物など全く持っていなかったように見えたが、どうやって持ち込んだのだろうか。眉を寄せながら視線をずらせば、男の同行者がとても荷物が入っているとは思えない小さな鞄から、幾つもの食料を取り出していた。

「分けるどころか、食いつくしやがって」

何だあれ、と眺めていれば欲していると思われたのだろう。

男の仲間に酒を勧められたが断る。酒は飲んだことがなかった。

「あんた達に不都合があんのか」

「ねぇよ。俺がやれっつったんだ、坊主が気にすることじゃあねぇ」

御者と他の乗客は早々床についた。ジルベルトも馬車に乗りっぱなしで多少のだるさを感じていたが、それより実戦での高揚が後を引いて眠気が来ない。

「おら、食え」

「いらねぇ」

「いらねぇ筈ねぇだろうが。魔物退治の駄賃《だちん》だ、駄賃」

強引に押し付けられたのは、干し肉を出汁《だし》に芋《いも》を煮たスープだった。飲んでみれば意外な程に美味い。パンで乾いた口に程よく、遠慮なく飲み込んだ。

それを豪快《ごうかい》に笑って見ていた男が、自らも芋を齧りながらニヤリと笑う。

「てめぇに剣を教えたの、騎士だな？　おキレイな剣しやがって」

初の対魔物、対人とは全く違う戦いに思うままに剣を振るった。

だが分かる者には分かるのだろう。騎士に教えられたのは真実なので否定はしない。

「しかも終わった途端、物足りねぇって顔しやがる。実戦デビューで図太い奴だぜ」

何も返さないジルベルトに、男は気にせず話を続ける。

物足りないのは確かだ。最後の一匹の首から血に染まった剣を抜き取った後、感じたのは「もう終わってしまった」という呆気《あっけ》なさ。そして次への渇望《かつぼう》だった。

「どうだ、坊主」

男が言う。

「俺と戦《や》り合うか」

口から皿を離し、焚《た》き火を挟んで正面に座る男を見た。

その瞳に好戦的な色を見つけ、燻《くすぶ》る高揚が再燃《さいねん》したような感覚を抱く。男の手が彼自身の剣を握るのを見て、ジルベルトも隣に放っていたロングソードへと手を伸ばした。

「Sランクと戦れんだ。しっかり周りに自慢しろよ」

Sランク、冒険者の最高峰《さいこうほう》。唇が自然と笑みを描く。

「ほどほどに」

「おう」

仲間の声に返事をしながら男が腰を上げ、ふいに一度巨大な剣を振るった。焚き火を断ち切らんばかりの剣筋に、飛び散った火の粉が頬を掠《かす》める熱さを感じながら煽られるままに立ち上がる。

数十歩、平原を歩いた。魔物が出ない限り邪魔は入らないだろう。ジルベルトは握った剣を自然体で体の横に下げて数秒。一度だけ深く息を吸い、止めた。そして斬りかかる。

「ハッハァ、どんな力してんだ！　手が痺《しび》れやがる！」

打ち合った刃が落雷のような音を立てた。

体格差、武器の質量差は大きい。しかしそれらにジルベルトが押し負けることはない。薙《な》ぎ払われ、敢えて後ろに飛んで距離をとった。隙《すき》を逃さず巨大な剣が振り下ろされるも、両手で剣を握りそれを受けきる。

「だがなぁ」

剣ごと圧《お》し潰そうとするかのように男の力は緩まない。逸らしきれるかと、力を入れた両手の甲に血管が浮かび上がったのが視界の端に見えた。

「生意気に加減してんじゃねぇぞクソガキィ‼」

押し切られる。顔を顰め、舌打ちを零しながら次撃に備えた。しかし、飛んできたのは肉厚の刃ではなく武骨な拳。一瞬瞠目《どうもく》するも、辛うじて首を反らして避ける。

「飢えてんだろうが、何気取ってやがる童貞上がりがよぉ！　がっつけよ！　てめぇの先生はご丁寧な礼儀作法しか教えてくれなかったか、あァ⁉」

「……あ？」

「喧嘩のやり方も教えてもらわなきゃできねぇ甘ちゃんの相手を、俺が！　この、俺がやってやってんだろうが！　喜びに頭ぶっ飛ばして斬りかかってこねぇかド素人‼」

空気を震わせるほどの覇気を纏い、吠《ほ》える男にジルベルトは跳ねるように顱《おとがい》を上げた。煽られている。それは分かっていたが不愉快だった。敢えて耐えずに理性を捨て、不快感に身を任せる。

男の言うとおりだ。衝動のまま剣を振るったことなどない。今、それができるのだとようやく自覚した。これから、二度目が訪れるかも分からない絶好の機会だった。

見開いた両目が熱を持つ。軋《きし》むほどに剣の柄を握り締めた。

「ハッ、ようやくまともな顔になりやがって」

振るった一撃を受け止めた男が、片頬を歪ませて笑う。

「覚えとけよ、強くなりてぇなら限界まで出し切んのが手っ取り早ぇってなぁ！」


三十分後。

「大口叩いておいて負けるのはどうかと思うの」

「負けてねぇよ」

女冒険者の仕方がなさそうな声に、男が即座に言い返している。

結果としては、勝負がつかないままに終わった。いい加減止めなさいと、彼女に窘《たしな》められて互いに手を止めざるを得なかったからだ。両者、擦り傷打ち身を負いながらの引き分けだった。

ただ、相手は本気ではなかったようにも思う。ジルベルトは一つ舌打ちを零し、ボロボロになった刃先に顔を歪めながら、投げ捨てた端切《はぎ》れを拾って剣へと巻きつけた。

「ほら、貴方《あなた》もいらっしゃい」

「いい」

「私が良くないから、いらっしゃい」

男と同じくらいだろうか。老いの見え始めた女冒険者が、笑い皺を深めて此方を見た。

何故か逆らい難く、渋々《しぶしぶ》と彼女の前にしゃがめば濡れた布を頬の切り傷に押し付けられる。それが離され、触れた頬には傷など一つも残っていなかった。何故だと一瞬考え、女冒険者の手にある瓶に気付く。

回復薬というものだろう。話だけは聞いたことがあった。

「貴方も、子供相手に大人げなく怒鳴って」

「ハハッ、良いじゃねぇか。ガキの癖に理性が過ぎんだ、坊主は」

「それも利点よ」

「限界も知らねぇで強くなろうなんざ、片腹痛《かたはらいて》ぇ痛ぇ」

ジルベルトは立ち上がり、馬車の中から丸めた毛布を引っ張り出す。馬車の中で他の乗客を避けて小さくなって寝るか、焚き火の傍《そば》で横になって寝るか。実際、男のもう一人の仲間は直《す》ぐそこで大の字になって寝ている。

昨晩は馬車の中で座って寝たが、初めての馬車旅で慣れている筈もなく全く寝られなかった。今日焚き火の近くで寝てみて、明日以降はどちらかマシなほうに落ち着くことになりそうだ。

「よう、坊主。その剣、鈍らせる気はねぇんだろ」

「……ああ」

毛布を敷いて、荷物を枕に横になる。明日の分のパンが潰れるだろうが仕方ない。

「なら良い」

その声が不思議とやけに嬉しそうに聞こえ、しかしジルベルトは気にせず目を閉じた。風のほとんどない夜。鼻を掠める土の匂い。焚き木の弾ける音が時折耳を擽《くすぐ》る。昨日眠れなかった所為《せい》か、色々と出しきった所為か。予想外に早く訪れた睡魔《すいま》に逆らわずに意識を手放した。

「冒険者になれ、とは言わないのね」

「言わねぇさ。必要ねぇだろうよ」

「あら」

そんな男女の囁き声が届く頃には、既にすっかり寝入ってしまっていた。

その数年後、冒険者の間で〝一刀〟という名が噂される事になり。

さらに数年後、「やべぇ奴がやべぇ奴と組んでる」という決して悪口ではないが微妙な噂が流れるのは、今はまだ誰も知らない未来のことだった。

書籍4巻　電子書籍版特典SS

値踏《ねぶ》みなどとうに慣れている

リゼルの王が国の頂点へと君臨《くんりん》した戴冠式《たいかんしき》から一年。

彼の意趣返《いしゅがえ》し、あるいは愉快的犯行、しかし本気で望まれた結果で宰相という地位に就いたリゼルは、同時に父から爵位《しゃくい》も継いだ。新国王の周囲を固めるにも箔《はく》が必要だろうという理由で、予定より前倒ししての継承だ。

それを提案したのが当時公爵《こうしゃく》位についていた父であるのだから、下剋上《げこくじょう》の意図など何処を調べても存在しない極々平和的な継承だった。

「お父様」

「やぁ、リゼル」

王城の廊下、前方を歩く見知った背を見つけてリゼルは思わず声をかける。足を止めて振り返った父親へ、歩調を変えることなく追いついた。何方ともなく並んで歩き出す。

「いつ此方に?」

「昨日からだよ。交易路《こうえきろ》に竜が出た件でね」

「ああ、そろそろでしたね」

大きめの小屋ほどの、竜にしては小さな体躯。有名な、何とも珍しい古代竜。

のそのそと歩く岩のような姿を思い出してリゼルは笑みを零した。人知の及ばぬ至高の生物、その存在が環境とすら称される程の強大な力を持つ種。そんな古代竜の中で唯一《ゆいいつ》、自ら人との縁を結んでいる個体。

それは人と慣れ合うという意味ではない。空を飛ばず、地を歩くその竜は、人の敷いた道を好むのだ。歩きやすいからか、他に理由があるのか。その正面に立ち塞がって敵対しなければ、あるいは敵対しようと、彼らにとって人など路傍《ろぼう》の石と同じく気に掛けるようなものではないのだろうが。

「優雅な散歩に水を差すのも忍びない。交易ルートの調整だけ済ませたよ」

「有難うございます」

向けられた視線に、リゼルも珍しく気が抜けたように目元を緩める。

本来ならば、爵位を継いだと同時に領主としての立場も継ぐべきだ。しかしこの国では失われて久しい宰相という役職の復活。今は名ばかりの地位が本来の役割を得る為には、やらなければいけないことが多すぎる。生来から地盤固めを欠かさなかったお陰で、力ある妨害者が現れないことが救いだった。

「お父様に頼りきりで、情けない限りです」

よって、領主としての立場は父親に預けてあるのが現状だ。

「いくらでも頼りなさい。必要なことなんだから」

向けられた静かな眼差しは慈愛《じあい》に満ちていて、リゼルは擽ったそうに表情を綻《ほころ》ばせた。もう親に甘える年でもないだろうにとは思うものの、嬉しく思わないかはまた別で。

「お父様に少し相談したいことがあって」

「ああ、良いよ」

そしてリゼルは父親と二人、自室へと歩を進めた。


「交易路の封鎖、長くかかりそうですか？」

「そうだね……半年はかからないかな」

時折擦れ違うメイドに頭を下げられ、騎士に背筋を正されながら二人はリゼルの執務室に繋がる扉を潜った。中で書類に向き合っていたとある書記官が、椅子から立ち上がり礼を示す。

その彼が扉へと向かうなか、二人はソファに向かい合って腰掛けた。

すぐにメイドがティーセットの載ったカートを押して入室する。香りのよい紅茶がテーブルの上に二つ、そして美しい細工のされたチョコレートが幾つか乗った小皿。深く一礼し、退室する彼女を二人が気に掛けることはない。

それは彼女への侮辱《ぶじょく》になる。自らの存在が貴種《きしゅ》の意識を逸らしたなどと、真に仕えてくれる彼女達は少したりとも望んでいないのを知っている。

「それで、私に相談っていうのは何かな」

促され、リゼルは苦笑を浮かべる。

「軍の将校の方々が手強くて……」

「ああ、あそこはね」

血筋に忠誠を誓う騎士らは、当然リゼルのことも容易に受け入れてくれる。王族が第一とはいえ、リゼルの公爵家も過去には王族の血を受け入れたことがある名家だ。

逆に、万が一道を踏み外せば最も恐ろしい相手になるのだろう。だがリゼルに今のところそのつもりはなく、反逆に限って言えば可能性すら微塵もない。よって騎士らも幼い頃から変わらず丁寧に接してくれている。

だが、武力を糧《かて》とする相手は騎士だけではない。

「邪険《じゃけん》にはされないんですが、それだけというか」

「そうだね。時間はかかりそうだ」

騎士より遥かに大きい勢力を抱える国軍。

国の防衛の要《かなめ》である彼らは、徹底的な実力主義者だった。〝国王に忠誠を〟という騎士とは違い、〝国を守る為に〟という考え方をする者が多い。よってリゼルは、国防においていかに自身が有益かを示さねばならないのだが。

「リゼルはそのままで良いよ」

告げられた言葉は至極あっさりとしていた。

「何もしなくて良い、ということですか？」

「そう。正確には、いつもどおりに動けば良い」

「相手に歩み寄る必要も？」

「勿論ないね」

そもそも問題らしい問題などないのだ、と父親は言う。

「お前は軍が動く前に始末をつけたがるから」

「陛下のお手を煩《わずら》わせたくないので」

「そう、彼らはそれを知っている」

リゼルにはそれができることを、軍の上層部は知っている。

大事になる前に手を回し、大火になりうる火種を消すことができるのだと。あるいは既に、幾つものそれを成し遂げていることを彼らは気付いている。

「あの古豪《ここう》達には昔から可愛がってもらっていただろう？」

「はい」

唐突に告げられ、ぱちりとリゼルは一度瞬いた。

そう、今だって拒絶されている訳ではないのだ。昔から父に連れられて幾度も顔を合わせている相手。領地が他国に狙われた時に、軍との話し合いで城へ顔を出した時に。父の人脈の広さを不思議に思いながらも、大きくなったなと笑いかけてくれる彼らの笑顔が好きだった。

「可愛がっていた子供が自らの上に立つんだ。立派になって誇らしい反面、頼られないのが少し気に入らないのかもね」

「十分甘えてるのに」

「なら、過剰《かじょう》に甘やかさないように余計に厳しくしているのかな？」

茶化すように目を細める父親に、リゼルは眉尻を下げながら苦笑する。

軍の存在があるというだけで交渉《こうしょう》は有利になる。周辺国から抜きん出たその戦力に、今でも随分と頼りきっているというのに。その程度は当然だと、何十年と国を支えてきた先達《せんだつ》は平然と言ってしまうのだ。

早く追いつかなければと、リゼルは緩む口元をそのままにティーカップに口付ける。

「大丈夫、リゼルは最善だと思えば軍を動かすことも躊躇わないだろう？」

「はい」

「その時になれば十分以上に動いてくれるよ」

そう言いながらチョコレートの皿を寄せてくれる父親に、ふとリゼルは疑問を抱く。

当然のように軍部と付き合いのある父は、一体どうやって己を認めさせたのか。聞いて真似しようとは思わないが、いつも物腰柔らかである彼のとった手腕が少しだけ気になった。

「お父様は」

言いかけた瞬間、ふいに隣に誰かが腰かけたようにソファが沈む。

「なぁリズ、これさ」

隣を見れば、手にした書類に視線を落としたまま背もたれに腕をかける元教え子の姿。仕えるべき国王。純粋な力を以て軍に己を認めさせた、歴代最高と呼ばれる魔術師。

そんな彼がふと紙面から視線を上げ、そして盛大に顔を顰めた。

「げ、何で居んだよ」

「こんにちは、陛下。親が子に会いにきてはいけないかな」

何故か相性の悪い二人を眺め、リゼルは扉の向こうに居るだろうメイドに声をかけて、もう一人分のティーセットの用意を頼んだ。


「交易路？　ああ、竜か。てめぇが来る必要ねぇだろ」

「城に缶詰《かんづめ》なリゼルを心配する声が多くてね」

父親に似ているとよく言われるリゼルだが、ならば何故元教え子は父を毛嫌いするのか。不思議なこともあるものだと、渡された書類に目を通しながら思う。

内容は北にある大国との外交問題について。長く敵対関係にある某国《ぼうこく》は、先代王の時代に何とか休戦状態に落ち着いたばかりだ。とはいえ、これまでも幾度となく休戦と戦争を繰り返してきたのだが。

「これ、確かな情報ですか？」

「裏付けさせてる。五分前に届いたばっか」

その大国の王族が一人を残して全員死亡したという。あっさりと渡された最高機密に、しかしリゼルも驚きはしない。もともと次期国王の座を狙って内部崩壊が起こっている、という情報は得ていたので信憑性《しんぴょうせい》は高かった。

生き残った一人は、王家において最年少である齢《よわい》十の少年らしい。潰し合いの末に生き残ってしまったのか、それとも。

「十分後に集まんぞ」

「分かりました」

欠伸《あくび》交じりだが重鎮《じゅうちん》は既に招集済み。元教え子が酷く優秀で誇らしい。

「周りが使える奴ばっかだと、会議もハイハイ言ってるだけで終わんだよな」

「陛下もどんどんご意見を出してくださいね」

「見にいきゃ早ぇだろっつったら爺に止められた」

フットワークが軽いのは長所、と紅茶を飲み干す姿を眺めながらリゼルは頷く。

「陛下、お父様に意見を頂いても？」

「許す」

「おや、私か」

さて会議が始まる前に情報収集を、とリゼルは父親を見た。

静観《せいかん》している姿は余裕に満ちて、彼もまた国を率いてきた恐るべき先達なのだと納得させる。そんな父が、立場的には部下と言えなくもないのだから何とも恐ろしいことだ。そう思いながらリゼルは手にした書類を渡した。

「お父様はあちらの外交官と何度か顔を合わせているんですよね」

「一対一はないけどね。休戦協定の話し合いの席では何度か顔を見たかな」

ざっと内容を流し見た父親が、何てことなさそうにそれを口にした。

「ほら、お前の婚約者を決めた時だよ」

そういえばと、リゼルが頷こうとした時だ。

ふと隣から伸ばされた手が視界に入り、振り向こうとする。直前、こちらを向いた掌が乱暴に胸倉を摑んでソファの背へとリゼルの体を縫《ぬ》い止めた。

「聞いてねぇけど」

手付きに反して、あまりにも普段と変わらぬ声色。向けられた瞳には「何故それを自分が知らないのか」という純粋な疑問のみが浮かんでおり、憤りなど欠片もない。

そういえば言っていなかったかと、リゼルは目を瞬かせながら唇を開く。

「あまり、そういう扱いはしないでほしいな」

「あ?」

しかし何かを言葉にする前に、向かいのソファから声がかかった。

顔は元教え子に向けたまま、リゼルは視線だけでそちらを窺う。父親の浮かべる表情が普段のマイペースな笑みであることを確認し、怒ってはいなさそうだと密かに肩の力を抜いた。

だが元教え子の声には不愉快が滲み、いけないと今度こそ口を挟む。

「誰に向かってモノ言って」

「陛下」

許されない真似だと知りながらも言葉を遮《さえぎ》る。それが、自分だけは許されることもまた知っていた。片手は父親へ、大丈夫だと伝えるように掌を向ける。

「もうなくなった話なんです。本当なら停戦協定を結ぶ際、その証にあちらの公爵令嬢《れいじょう》を貰い受ける予定だったんですが、色々あって休戦に収まったらしくて」

ちなみにその〝色々〟をリゼルは気になって調べたことがあるが、一言で言うなら「あちらがやらかした」としか言いようがない。よく関係悪化にならなかったものだと前国王の手腕に感心したものだ。主に、父親を筆頭とした国中の重鎮達による開戦賛成の声を無視しきったことに対しての感心だった。

「まだ、貴方と言葉を交わす前のことです」

「昔のお前は俺のじゃねぇって？」

「まさか」

「知ってる」

酷くあっさりと、胸元を掴む手は離れていった。知らなかったことだけが琴線《きんせん》に触れたにすぎないのだろう。

「やぁ、懐かしいね」

ふと、父親が紅茶を片手に告げる。

「あちらの外交官が、開戦だけはと真っ青な顔をして嘆願《たんがん》してきたものだ。あそこは王族が腐《くさ》っているだけで、周りがまともなのが救いだね」

「じゃあ全員死んで祭り状態か」

元教え子が立ち上がるのを見て、リゼルもテーブルの上に置かれた書類を持って腰を上げた。そろそろ時間だ。やや足早の元教え子に続いて扉へと向かう。

「生き残りの情報」

「天才児、という噂は聞いたことが」

「胡《う》ッ散臭《さんくせ》ぇ」

部屋を出る直前。のんびりとティータイムを続ける父から声がかかった。

「一族全員、虫唾《むしず》が走るほどに醜悪《しゅうあく》だ。残った一人だけが聖人とは考えにくいよ」

いってらっしゃいとばかりに手を振られ、リゼルは微笑んで扉を潜る。

親子という関係を別にしても、彼が居てくれれば心強いだろう。しかし、それでは駄目なのだ。目の前を歩く元教え子を中心に、その周囲も国もどんどんと変わっていく。変わっていかなければいけない。今はまだ、微笑ましく見守られてしまうのだが。

とはいえ任せようと思ってもらえるだけ認められてはいるのだろう。

「そいつが親兄弟皆殺ししたんじゃねぇの」

「なら、身内の治世が余程合わなかったんでしょう。王としての自覚を持つ賢い子ですね」

「褒《ほ》めんなよ」

戯れるように言葉を交わし、二人は騎士が守る巨大な扉の前に立つ。

開かれる毎に現れる部屋の内部には、既に重鎮らが顔を揃えていた。向けられる威風《いふう》に富んだ眼差しに、全く竜より恐ろしいとリゼルは笑みを深め、己の王の凛《りん》とした背筋を誇るように目を伏せてみせた。

書籍5巻　TOブックスオンラインストア特典SS

今はただ、その時を待っている

死神と呼ばれる男は、突如《とつじょ》姿を消した旧知《きゅうち》の相手を求め、彼《か》の国の王都を歩いていた。情報が下りてこない。当たり前だ。その存在を失ったなど国家機密に等しいのだから。

若き国王のお膝元、活気に溢れた王都の雑踏《ざっとう》を、行き交う人々を避けながらひたすら歩く。奥に見える、天へとそびえ立つ王城へ向けて。

男がリゼルの行方を見失ったのは、見失ったと気付くことができたのは偶然《ぐうぜん》だった。偶然、約束していた。会おうと。先日まで彼が只中《ただなか》にいた戦場、そこへと向かう前に、帰りにも此処を通るつもりだと告げた。その時、ならば必ず会おうと穏やかな顔は言ったのだ。

今まで何度も交わした約束。それを違《たが》えた事など互いに一度もない。なのに、いざ王都へ戻ってみても何の音沙汰《おとさた》もなかった。いつもならば傭兵団《ようへいだん》が王都入りした途端、何処から聞きつけるのか、すぐに馴染みの宿に使者を寄越してくる癖に。時には、忍んでやって来ることもある癖に。

自身の所属する傭兵団の団長も苦々しげな顔をしていた。確かに近頃、表に顔を出したという噂を聞かないという。忙しいのだろうと思えば特に不自然なことではないが、何かが引っ掛かった。

敬愛する団長の「下手な真似をするな」という言葉。笑いながら告げられたその言葉が、守られることはないと団長自身は知っていたのだろうか。

辿り着いた王城の、堅牢《けんろう》に守られた城門の前。

荘厳《そうごん》な王城を見上げるその場所で、彼は足を止めた。目の前には何処の戦場でも出会ったことのない圧倒的な存在感を放つ男が一人、悠然と立っていた。

「真っ昼間から死神かよ、縁起《えんぎ》悪《わり》ぃな」

様々な色を宿す星に似た、白銀の髪が揺れている。月を嵌《は》め込んだような琥珀《こはく》色の瞳が此方を見据えている。その面《おもて》に浮かぶは不敵な笑み。

「………」

その存在を知っている。何度も話に聞いた。顔も見たことがある。

この国の最高権力者。この大陸で最も古く強大な国の支配者。リゼルが唯一、従う人物。

「あいつは」

「誰に口きいてやがる」

この大国の頂点に立つ国王が、両手を服に引っ掛けて気だるげに立っていた。

正確には一人ではない。城門の門番もいる。背後には護衛も控えている。だが、その存在はそれらを全く必要としていなかった。それ程の力の隔《へだ》たりが、国王と護衛の間にはあった。

「てめぇが見ていいのはてめぇの靴だけだ」

声は覇気に富み、有無を言わさぬ強制力を孕む。反抗心など抱く暇も与えず、自身こそが至上であると躾けるような声だった。細められた琥珀色が、明確に此方を見下している。

この国の民から聞いていた印象と差があるのは、彼のものではないからだろう。根無し草の傭兵では、彼が慈悲《じひ》を抱くべき国民《もの》にはなり得ない。

「頭の下げ方、リズは躾けなかったか？」

その口から出た名に、男は淀《よど》んだ瞳で国王を見据える。

そして片足を引き、生気のない動きで腰を折った。片膝をつき、両手をゆるく握って地へつける。敵意がないと示すように首を差し出す傭兵式の最上の礼。古参《こさん》の傭兵ぐらいしか知らない作法だが、男は団長から聞いていた。

一生使わないだろうと思っていた。リゼルに出会って初めて、意味を理解しながら膝を折った。

当のリゼルはそれを誇るように微笑んで受け入れた後、二人だけになった時に、少しだけ拗ねたように此方を見ていたが。ずっと昔のことだ。酷く、懐かしい。

「……そのご尊顔《そんがん》を拝したてまつること、何卒お許しを得たく」

「あいつどんな躾してんだよ」

一蹴《いっしゅう》される。

「慣れねぇこととして必死だなぁ、死神？」

人を見下すのとは違う、ただ人の上に立つことに慣れた声が近付いてくる。

地面へと落とした視線の端に、散々磨かれて艶めいている靴先が映った。

「てめぇらが王都入りする度、あいつ楽しそうに出かけんだよな」

しゃがんだのだろう。声が近くなる。

ゆっくりと、微かに視線を持ち上げた。元ヤン国王の通称に相応しく、王族の名に相応しくない股を開いた座り方。決して安全とか言いきれない傭兵相手に、王がこれほど迫ろうと後ろの護衛達は動こうとはしなかった。手を出すなとでも命令されているのかもしれない。

「そんで張ってみりゃ、予想どおりてめぇが来たワケだ」

「あいつは……」

「いねぇよ」

咄嗟《とっさ》に上げかけた頭は、直後真下へと押さえ込まれた。

地面へと叩きつけられかける顔面を力尽くで堪える。更に頭を起こそうと力を込めれば、押さえつけてくる指先が頭蓋に穴を開けんばかりに食い込み、頭皮が引き攣《つ》るのが分かった。

けれど、止められはしない。

「んな訳ねぇだろ……ッ」

「おい、誰が顔上げて良いっつった」

「あいつが、会おうっつったんだろうが……！」

淀んだ目を見開き、無理やり持ち上げた顔で国王を睨みつける。

目の前の顔が笑みに歪んだ。青筋を立て、気に入らないと、憤怒《ふんぬ》を孕んで此方を見下していた。

同時に感じたのは凶悪に膨《ふく》らむ膨大《ぼうだい》な魔力。

煽られるままに剣を握る。国王の護衛も一斉に剣を構えた。そんななか、髪を掴んでいた手が離れて胸倉を摑まれる。

「はァ？」

低い声と共に、ぐん、と体が引かれる。

抵抗はしなかった。開かれた城門の中へ体ごと投げ飛ばされる。

「ぐだぐだぐだ、うるっせぇなァ……ッ」

地面を削《けず》るように両足で着地し、咄嗟に剣を抜く。城門の真ん中に立ち、片腕を伸ばした国王の手の中にあるのは一丁の魔銃《ライフル》。此方を狙う銃口から放たれた魔力を然して気負わず避けた。

前髪の先を魔力が掠めていく。噂どおり、馬鹿みたいな魔力量だ。

「いねぇって、この俺が親切に教えてやってんだろうが。反論なんざ許してねぇぞ」

「何で……ッ」

苛立ちを孕む声に、剣を握る手に力が籠もる。

リゼルの不在は確かなのだろう。そして、それは目の前の国王にとっても想定外のことなのだ。だから苛立っている。一体何が起こっているのか。何で、そうなっているのか。

「……あいつは、お前のもんだろ」

気力ごと吐き出すように、吐息交じりに告げる。知らない筈がないだろう。リゼルはこの王のものなのだ。本人が嬉しそうにそう告げていた。あの存在を捧げられておいて、手放す愚行《ぐこう》など在り得る筈がない。

だから目の前の国王は知っている筈だ。自分より遥かに状況を把握《はあく》している筈だ。そうでなければいけない。そうであるべきなのに。

「なのにさぁ、ッキレてんじゃねぇようっぜぇなぁ……ッ」

「てめぇがな!!」

国王の手にもう一丁の魔銃が現れた。人知を超えた魔力での人知を超えた身体強化、それにより魔銃のデメリットを強制的にねじ伏せる荒業《あらわざ》。一人で国崩しをなし得る至上の魔術師。そんな相手が獰猛に笑う。

死神と呼ばれる男は、淀んだ目でそれを見据えた。そして彼は、その通り名に相応しい空気を纏って地を蹴り。

直後、その脳天に力強い拳骨《げんこつ》を落とされた。

「うちの者《もん》が誠に申し訳ねぇ」

威風堂々とした巨漢がふらついた男の頭を掴み、強制的に頭を下げさせる光景を、国王は興が削がれたとばかりに大きく息を吐きながら魔銃を下ろした。

「まぁ、リズの躾が悪いってことにしといてやるよ」

こうして茶番は幕を閉じたのだった。


結局のところ、国王の護衛が誰一人として男を捕らえようとしなかったのは予定調和でしかなく。フラストレーションが頂点に達した国王が、知人である傭兵を呼びつけて鬱憤《うっぷん》を晴らしたと、結果的にはそれだけの話で終わったのだろう。死神と呼ばれる男も、門の中へと投げ飛ばされた辺りで何となく気付いていていた。

ちなみに知人であるという部分以外は概《おおむ》ね合っている。国王はリゼルの為でも死神の為でもなく、真実リゼル捜索の手掛かりすら摑めない憂《う》さ晴らしの為に男を利用しただけだった。

「坊ちゃんに感謝しろよ」

「分かってる……」

王城から宿へと向かいながら、男は己の団長の言葉に頷いた。

たとえ国王の気まぐれであろうと、男が罪に問われない流れが作られていたのは、確かにリゼルの存在があるのだろう。すっかり落ち着いた男は、あの後きちんと国王に謝罪している。

「しっかし、マジでいねぇとはなぁ」

無精髭をなぞりながら零された団長の言葉に、淀んだ視線を地面へ投げた。結局、リゼルが居ないというのは事実であり、その原因も分からない。何処に居るのかも分からない。

ただ、危機には陥っていないという。何処かには居るという。国王からそう示唆《しさ》され、情報を与えられたのは、恐らくこちらでも探せということなのだろう。国でも行方を把握できないなど、一体何処に行ってしまったのか。

「まぁ、坊ちゃんのことだ。無事なら楽しくやってんだろ」

「……痛《い》って」

バシンと背を叩かれ、死神と呼ばれる男は微かに顔を顰めた。そして生気のない表情で空を見上げる。思い出すのは、最後に顔を合わせた時のこと。

それは、傭兵団のたむろする夜の酒場でのことだった。ひょこりと現れたリゼルは、傭兵団に歓迎を以て迎え入れられた。いつものことだ。

『君たちの武勇伝《ぶゆうでん》を聞く度、元気にしてるんだなと思います』

果実水を手に微笑んだ顔は穏やかで。心配事はなさそうだと安堵したのを覚えている。

『……公爵様にお褒めいただけるとは、恐悦至極《きょうえつしごく》』

『それ、止めてほしいって言ってるでしょう？』

隣に座ったリゼルの、少しだけ眉を落とした苦笑に思わず口元が緩んだ。

貴族扱いに慣れ、それを当然としながら、戯れるように時折男が畏まるとそういう顔をする。最初が不遜《ふそん》だった所為だろうか。もちろん今も大概《たいがい》だが、傭兵に礼儀を求められても困るというものだろう。

『よう坊ちゃん、まだ酒飲めねぇか？』

『隊長やべぇって、宰相様っすよ！』

酒瓶を片手に、他の隊長格が絡んでくる。

『残念ながら、全く』

『そりゃあ残念でしかねぇなぁ』

『おい酔っ払いすぎだろオッサン！』

『あ？　舐《な》めた口きくじゃねぇか』

『ひぇ』

隊長格と新人のやり取りに、お手柔らかにと笑う姿は変わらず高貴なまま。荒くれ共に溢れた酒場では、毎度のことながら非常に浮いている存在だった。

『リゼル』

『？』

呼びかければ、此方を向く清廉《せいれん》な瞳。本来ならば、この透き通った瞳に男だけが映ることなど生涯なかったはずだった。その瞳に映ることを唯一無二の栄誉と称する者さえ存在しかねない、それ程に生きる世界が違うはずの存在。

手を伸ばし、指の背でその目尻をなぞる。くすぐったそうに細められた瞳を見て、ゆっくりと指先を離した。

『……最近、寝れてねぇだろ』

『はい、ずっと気になっていた本が手に入って』

予想どおりの返答に、笑み交じりの吐息が零れた。

空から視線を戻し、何となしに行き交う人々を目で追った。

「本さえありゃ、好きに過ごせそうだ……」

「坊ちゃんのありゃあ治んねぇなぁ」

声を上げて笑う団長の声を聞きながら、思う。

無事ならば、それで良い。楽しむ余裕があるなら、十分だ。そして付け加えるのなら、あの仕方なさそうな笑みを浮かべなくても良いような、そんな相手を見つけてくれれば良いと。

それを可能とする場所など、この世界の何処にもないのだろうが。

「(ひとまず、他所の国で探るか)」

戦場さえあれば何処にでも向かう傭兵だ。捜索可能な範囲は広い。リゼルの不在を他国に悟らせる訳にもいかないので、大っぴらに探せはしないが、やりようなど幾らでもある。

そして死神は唯一人を探し彷徨《さまよ》い、幾つもの戦場でその名を知らしめることとなる。

書籍5巻　電子書籍版特典SS

三人が街角でだべるだけ

リゼル達が順調に依頼を終えて帰ってきた王都。

屋台にしては珍しく、挽《ひ》きたてのコーヒーが味わえる場所。隣には背の高い立ち飲み用の小さなテーブルが幾つか、後ろには本職である喫茶店。喧騒《けんそう》を離れ、より本格的なものが飲みたい客はそちらに入れということなのだろう。

そんな屋台が行きつけになりつつあるリゼル達は、三人でテーブルを囲んでのんびりとその味に舌鼓《したつづみ》を打っていた。

「この前、顔見知りの女性に『抱いてあげてください』って赤ん坊を渡されたんです」

通りを行き交う人々を眺めながら、リゼルがのんびりと告げる。

程よいざわめきは不思議と少し心地好い。目が合った相手が思わず二度見して、慌てて視線を逸らすのを少しばかり面白く思いながら手の中のグラスを回す。氷が少なめのアイスコーヒー、ミルク少し、シロップなし。

「いよいよ縁起モンッスね」

イレヴンもテーブルに両肘をつき、ケラケラと笑ってグラスに口をつけた。

氷がたっぷりのアイスコーヒー、ミルクあり、シロップあり、生クリーム盛り盛り。

「嫌なら断れよ」

握ったグラスの表面についた水滴を指先で遊びながらジルが言う。

氷は普通のアイスコーヒー、ミルクもシロップもなし。これらは全て、屋台の前でやいのやいのと注文をつけたイレヴンによるオリジナルオーダーだ。近所の主婦らに愛想も良ければねだり上手と評判の彼は、今日も見事に値切って三人分のコーヒーをゲットしてきた。

「いえ、嫌ではないんですけど」

「断った？」

「頑張りました」

「俺、赤ん坊って持ったことねぇなァ」

「ジルは」

「ニィサンはねぇッスよ。ギャン泣きされんじゃん」

「うるせぇ」

ジルも完全に否定しない辺り、イレヴンの言葉に概ね同意なのだろう。彼は今でも、リゼルには平気で近付く子供たちに微妙に避けられている。本人は全く気にしていないが。

「お前は」

「向こうで何回か」

リゼルの公爵家、その領地を散策していると時折声をかけられることがあった。

リゼル自身がまだ子供だった頃、初めて腕に抱いた赤子はくったりしていて怖かった覚えがある。

その身の全てが預けられる感覚に、もう少し自力で生きようとしてほしいと思ったものだ。

「何でこっちでも頼まれたのかが……ん」

「あ」

「何」

ふと言葉を切り、道行く人々に視線を投げるリゼルにジル達も続く。

三人の視線の先には見知った顔が二つ。並んで歩いている姿は意外にも思えた。

「薬士《くすりし》さんと研究家さん、知り合いだったんですね」

「マジで」

「絵面《えづら》すげぇな」

苦手な異性ツートップが並ぶ光景にイレヴンが口元を引き攣らせ、ジルが〝あんな濃い性根を持つ者同士でよく気が合うものだ〟と一口コーヒーを含む。

そんな二人を尻目に、リゼルは目が合った研究家へとひらりと手を振ってみせた。「止めてー、止めてー」とテーブルについた腕に顔を埋《うず》めるイレヴンの頭をぽんぽんと撫でてやっている間にも、研究家が隣を歩く薬士へと声をかけて此方を指さしている。

「こんにちは、薬士さん、研究家さん」

「おう、インテリさんも久々だな」

ツナギを身に着けた勝気な女性と、白衣を身に着けた中性的な女性。歩み寄ってきた二人は、小さなテーブルを挟んでリゼル達の前で立ち止まった。

「お元気そうですね」

「おい、見んな」

「君たちとは依頼ぶりだね」

「そうですね、研究はどうですか？」

「見んなっつってんだろ痴女《ちじょ》、おい」

じろじろじろとリゼルの前に置かれたグラス、その唇が触れた部分を確認するように凝視《ぎょうし》するメディに、イレヴンが顔を引き攣らせながらも即座に反応する。気にせず研究家と話すリゼルを庇うように警戒態勢をとる姿に、ジルもまぁ分かるとため息をついた。

「薬士さんとはお知り合いですか？」

「ああ、家が近所だからね。小生《しょうせい》も彼女から君たちの話を聞いた時は驚いた」

「おい、グラスに手ぇ伸ばすな。おいっつってんだろクソ女」

「ハッ、完全に無意識だった……」

白熱するメディとイレヴンの攻防に、落ち着いてリゼルと言葉を交わしていた研究家が胡乱《うろん》な眼差しを隠さず首を振る。完全に諦めきった仕草だった。

「君は本当に気色の悪い女だな……」

「あぁん？　間接キスにときめく♡乙女心でしかねぇだろうが」

欲に塗《まみ》れた心のまま、真顔でグラスを狙い続けるのを世の乙女の総意として扱って良いものか。もしや此方では普通なのかとリゼルがそっとジル達を窺えば、二人は完全に引いている。安心した。

もしそれが普通なのだとしたら、此方に来てから断トツ一位の文化的相違《そうい》であった。

「君が乙女心を語るんじゃない」

研究家が呆れたように告げる。

おお、とイレヴンが密かな感嘆を以て彼女を見た。いつまでも響く高笑いに軽いトラウマを負った彼だが、メディへの常識的意見に一気に株《かぶ》が上がったようだ。

「良いか、魔物以上にときめきを覚える存在が何処にある⁉　謎に包まれた生態、個性に満ちた様々な種族、その一挙一動を想うだけで胸が高鳴るだろう」

そしてその株もすぐに落ちた。ぶわりと研究家の白い髪が羽のように広がる。

「テメェも大概気持ち悪ぃだろ」

「肉欲《にくよく》に塗れた君よりよほどマシだよ」

「アタシのは健全っつうんだよ」

「ならば小生のプラトニックな想いのほうが余程だろう」

「二人とも、ちょっと落ち着きましょうか」

ヒートアップしていく二人に、リゼルが宥めるように声をかける。メディ達はフンッと鼻を鳴らし、やや言い足りなそうにしていたものの、何とか平静を取り戻したようだ。

「いや、失礼した。小生としたことが、熱くなってしまったようだ」

「まぁな、男の前で恋バナはするもんじゃねぇしな」

そうして去っていく二人を、リゼル達は黙って見送る。

ちなみに二人が屋台の前を通りがかった時、グラスの買取交渉を始めたメディに研究家がツナギの肩紐を引き摺り始めた。その仕草が手慣れている辺り、確かに付き合いは長いのだろう。

「こいばな」

「言っとくが違ぇぞ」

「あいつらの所為でリーダーの知識がずれる」

決して今の会話とその単語を定義づけるなと、リゼルはジル達から厳命《げんめい》を言い渡された。

そして引き続きリゼル達はのんびりと雑談を交わす。

ギルドへの依頼終了報告はまだだが、急ぐほどでもない。今日の迷宮は遠く、馬車に片道二時間も揺られたのだ。開放的な場所で暫くくつろいでいたかった。

「座りっぱなしも疲れますよね」

「リーダーのクッションあるだけマシだけど」

茶菓子であるマドレーヌも既に二皿目。ちなみにイレヴンしか食べていない。

それも空になり、彼は屋台へとおかわりの催促《さいそく》に向かう。屋台の主が上機嫌に追加のマドレーヌを皿に載せてくれるのは、リゼル達による宣伝効果があってこそだろう。

自然と目を惹く三人、しかもいかにも舌が肥《こ》えていそうなリゼルもいる。良い店なのだろうと喫茶店の扉を潜る客の数は、いつものこの時間と比べて明らかに多かった。

「あのクッション、ちょっと改良してみましょうか」

「どうやって？」

「今は毛皮を折りたたんでるので……中に何か詰めてみるとか」

「厚いと座りにくいだろ」

「俺は薄いほうが好きッスね」

早速菓子を頬張りながら戻ってきたイレヴンの手には、皿と一緒に新しいグラスもあった。もう飲み終わったのかと、まだ半分ほど残る己のグラスを見下ろしながらリゼルは笑う。

イレヴンは食べる量も多ければ食べる速度も速い。ジルは珍しくゆっくり飲んでいるので、彼なりにくつろいでいるのだろう。

「腰が痛くなりませんか？」

「あんま」

「なんのか」

「長時間だと、少し」

「まー、そればっかは仕方ねぇ気もすっけど」

どれだけ工夫を凝らそうと、座りっぱなしで体勢が固まってしまうのは避けようがない。やはり耐えるしかないか、それともジャッジに相談してみようか、そんなことを話していた時だ。

「どうも、話し中すみません」

ふと、リゼル達のグラスが並ぶテーブルに新しいグラスが一つ加わる。ぱちりとリゼルが目を瞬かせて正面を見れば、両目を長い前髪で隠した男が立っていた。

いざ声をかけられるまで気付かなかった、と感心したように頷くリゼルの隣。特にリアクションのないジルやイレヴンは彼が近付いてくるのもしっかり気付いていたのだろう。

「何」

「ネズミがちょろついてるんで、一応」

面倒そうなイレヴンの声に、リゼルが精鋭《せいえい》と呼ぶ彼は平然とそう告げた。

「珍しくもねぇだろ」

「や、狙いが貴族さんなんで」

「俺ですか?」

のんびりと心当たりを思い浮かべているリゼルを、ジルは呆れたように眺める。元は他国の諜報《ちょうほう》に真っ先に探られる立場であったのだ。慣れているのだろうが、そのリアクションはどうなのか。

「お前目立つしな」

「品行方正に冒険者をしてるつもりなんですけど」

不思議そうなリゼルに、他の三人は何も言わず視線を逸らした。

「あー……それでですね」

精鋭が話題を逸らすように話を戻す。そもそも彼がわざわざ三人揃っている時に報告に来たのも、しょうもない情報で小銭稼ぎする有象無象を伝える為ではないのだ。実際、その程度の相手ならばイレヴンも精鋭もわざわざ相手をしたりしない。

「どうも根っこにいんのが、この国の貴族みたいで」

「はァ？」

「しょぼい奴なんですけどね。どこぞの村の領主で、ちょい前に失脚《しっきゃく》してるような」

「リーダーそんなん相手にしたの？」

「職業病」

「失礼な。休暇中にそんなこと」

言いかけたリゼルがぴたりと言葉を切った。

心当たりが一つだけあったからだ。それはいつかの魔鉱国の帰り、読書禁止期間中に立ち寄った村で耳にした不穏な噂。面倒ごとを察知して顔を顰めたジルとイレヴン、そしてリゼルも特に見るべき名所もなさそうだとすぐさま村を出たのだが。

「一応、と思ってレイ子爵に伝えたんでした」

「リーダーのこと漏らすような真似すっかなァ」

「タイミング的に目ぇつけられただけかもな」

村に冒険者が立ち寄って、すぐに去っていき、暫くして憲兵が調査に入った。ならば冒険者が何かしたのだろうと。本来ならば少し村に立ち寄っただけの冒険者など特定のしようがない。国と国を行き交う冒険者、そんな彼らが休憩の為に村に立ち寄ることなど決して珍しくはないのだから。

当の村も、これまでに幾人もの冒険者が休憩場所を求めて訪れてきた筈だろうが。

「よっぽど印象に残ったんスね」

「まぁ探すのに苦労はしねぇな」

「不本意です」

一番覚えやすく、特定しやすいが故に、村の現状を他言したという確証もないまま疑いを向けられたということだ。むしろ冒険者だと思われていたかも怪しい。

「あー、それか監査《かんさ》に来たって思われたとか」

「腹いせに正体を暴いてやろうっつうことかもな」

「ギルドカードも見せたのに」

「それ、大抵〝嘘だろ〟みたいな目ぇされてッスよ」

つまり物凄く運が悪かったとしか言いようがない。

釈然《しゃくぜん》としない様子でアイスコーヒーを飲むリゼルをジルが鼻で笑い、慰《なぐさ》めなのかもよく分からない慰めを向ける。それを見てケラケラと笑ったイレヴンの唇が一瞬、小さく動いた。

「バラして食わせろ」

「了解です」

そして精鋭は、まるで空気に溶け込むように姿を消す。当然、普通に歩き去っただけだったが、そうとしか表現ができないほどに彼は自然と人込みに紛れてしまった。

「あ、精鋭さん行っちゃいました？」

「ん。なんか用あった？」

「いえ、何も。気付かなかったってだけです」

流石だと頷くリゼルの隣、ちらりと寄越されたジルの視線にイレヴンはにっこりと笑って見せる。

巻き込みはしないという意思表示だった。

「ちょろついてんのはこっちでやっとくんで」

「有難うございます。じゃあ、大元だけ子爵に伝えておきますね」

そして三人は、何事もなかったかのようにクッション談義へと戻っていった。


リゼルのグラスの中身も空に近付いた頃、三人の議論は白熱していた。

「そこをジルがグッと捕まえて」

「や、むしろ仰《の》け反《ぞ》って避けて」

「てめぇが仰け反れ」

「じゃあ俺が飛びつくので」

「リーダーは大人しくしてて」

一体何の話をしてるんだろう、と疑問を抱きながら人々が通りすぎていくなか、そんな三人の姿を見つけてふいに足を止める者がいた。狭いテーブルに目いっぱい何かの地図を広げるリゼル達に、彼女は気負うことなく平然と歩み寄っていく。

「で、ここでイレヴンが鳥の真似を」

「できっかなァ……」

「あの研究家に教わってこい」

「俺も別に蛇《へび》の真似とか上手くねぇんだけど」

よいしょ、と手にした荷物を抱え直しながら明らかにリゼル達へと近付いているだろう影を、周囲は思わず「一体どういう関係なのか」と眺めてしまった。それ程に、現れた彼女とリゼル達の接点が想像できなかったからだ。好奇心《こうきしん》に満ちた視線が集まる。

そして、最初にその存在に気付いたのはジルだった。次いでイレヴン。

「どうした」

ジルの声に、彼から声をかけるなど珍しいとリゼルも顔を上げた。そして納得する。

「ああ、女将《おかみ》さん」

「今日もお疲れ様だね、三人共」

成程、と集まっていた視線が散る。冒険者がそう呼ぶ相手など、宿の女将に外ならない。

「夕飯、ここらで済ませるかい？」

「いえ、宿で頂きます」

「俺も俺も」

「あんたがいると仕込みが倍になるって、うちの旦那が泣いてたよ」

折角だからと声を上げるイレヴンに、はっはっと笑いながら告げられた言葉は決して邪険にするものではなく。きちんと用意してくれるのだろうと、イレヴンは満足げににんまりと笑った。

「全く、買い出しに出ておいて良かったよ」

「あ、半分持ちます。俺ももう、宿に戻るだけなので」

「良いんだよ、そんな事しなくても。ほら、ゆっくりしておいで」

「十分ゆっくりした後なので」

リゼルは融《と》けた氷しか残らないグラスを指で示して、テーブルの前へと回る。女将の手から優しく幾つかの荷物を奪い、遠慮する彼女を説き伏せて歩き出した。これで荷物を全て持とうとすれば頑なに固辞《こじ》されてしまうのは経験済みだ。

「俺も行こ」

「ジル、後は頼みますね」

「ああ」

イレヴンも機嫌良さそうに後に続き、女将から買い出しの荷物を奪った。リゼル以外に向けるにしては破格《はかく》のサービスだろう、残されたジルはそんなことを思いながらテーブルの上を見下ろす。

空いた三つのグラスに、一枚の皿。そして残された二枚のギルドカード。彼は溜息交じりにカードを拾い、依頼の終了手続きの為に冒険者ギルドへと歩き出すのだった。

書籍6巻　TOブックスオンラインストア特典SS

前略、早々《そうそう》、意訳《いやく》につき

陛下へ

思えば手紙を交わすのは初めてですね。

貴方は言いたいことがあればすぐに顔を出してくれていたので、今までは必要がありませんでした。そう考えると、少し寂《さび》しい気も、貴重な機会が少し嬉しい気もします。

体調など崩されていませんか。息抜きできないほどお忙しくはありませんか。

私が姿を消して、ご迷惑をおかけした部分があるでしょう。そちらに戻ってから色々取り返しますので、今はご容赦《ようしゃ》くださいね。


以前、お父様には少しお話ししましたが私は今、冒険者として暮らしています。

そちらと酷く似通ったこの世界で、そちらにはなかった制度です（その代わり、役割的には似た部分の多い傭兵はこちらでは存在しないようですが）。

冒険者は冒険者ギルドに所属し、国民からギルドに持ち込まれた依頼を達成することで報酬を得ます。魔物退治といった危険度の高いもの、薬草採取など国外での活動が必要となるもの、または日雇いの人員募集など、様々な依頼を見るのが最近の楽しみです。

私も日々励《はげ》み、最近はすっかり一人前の冒険者になったと自負《じふ》しているんですよ。

己の立場を放棄《ほうき》し、責務を忘れ、充実した日々を過ごす私を貴方は肯定するのでしょう。そんな貴方に恥じることなく、手抜かりなく楽しい日々を過ごしておりますので、どうぞ私の王も己の好きなままにお過ごしくださいますよう祈っております。

貴方のいない世界は鮮烈《せんれつ》で美しく、何かが欠けたような心許《こころもと》なささえ愛おしいと思う、そんな私をお許しくださいね。

＊＊

リズへ

使えねぇ立場なんざ捨てろ。忘れて問題ねぇなら忘れろ。

無駄なことに頭の容量割いてんじゃねぇぞ、無駄でしかねぇだろ。どうしようもねぇこと気にしてグダグダされんのも鬱陶しいし、俺がどうにかしてやるっつってんだから気楽に待ってりゃ良いんだよ。

分かってんなら良いけどな。

冒険者についても何となく分かった。

こっちで言う、傭兵に仕事回してる酒場がギルド化したもんだな。あいつら結構な仲介料《ちゅうかいりょう》とって儲《もう》けてっから、こっちで導入すんにはそこらへん黙らせる必要があるか。

俺が言うまでもねぇだろうが、こっちでやりてぇなら完璧なノウハウ持ってんの引っ張ってこいよ。


そういやこの前、お前の好きな死神が突っ込んできたぞ。

適当に構ってやって追い返したけど、あいつ頭おかしいな。お前付き合う相手選べよ。

お前の父親が、傭兵団がお前の領地に寄った時にひとまず見つかったことは教えてやったらしいから、今は落ち着いてんのかもな。ちょい前まで流行ってた死神覚醒の噂、最近聞かねぇから。

つうかお前と仲良いのは全体的に発狂するかと思ってたけど、意外とそうでもねぇな。表に出てねぇだけかもしれねぇけど、しっかり躾されてんなって感心した。

どっかの資産家なんざ、散歩ついでに寄ってお前の捜索資金よこせっつったら「言い値をくれてやるからさっさと言いたまえ！」って凄《すげ》ぇキレてきたし、定期的に「それで足りるのか！」ってキレながら金持ってくるぞ。誰に向かってキレてんだよ。不敬罪《ふけいざい》でしょっぴくぞ。


お前がいなくとも、まぁ影響は出るが国は滅びやしない。

俺も別に死にやしないし、このまま国王で居続けてやる。お前が戻るならな。物珍しさに浮かれるくらいなら許してやるが、欠けたもんは欠けたままにしとけよ。

＊＊

陛下へ

貴方にそのように言葉を尽くしていただけること、大変嬉しく思います。

互いに今まで敢えて言葉にしたことはありませんでしたが、やはりいけませんね。きちんと口に出して伝えていただけるのは、また格別の喜びがあるのでしょう。

私の旧友にも、多大な温情《おんじょう》を頂きまして、誠にありがとうございます。

今回ですが、私のパーティメンバーを紹介したいと思います。冒険者が固定で結ぶ相互《そうご》的な協力関係をパーティと呼び、私の場合は私と後二人のメンバーでこちらを組んでいます。

初めて貴方がこちらに道を繋いでくれた時、私と一緒にいた二人を覚えているでしょうか。そう、彼らのことです。二人とも熟練《じゅくれん》の冒険者で、とても頼もしいんですよ。

いつか彼らに追いつけたらと、私も日々精進《しょうじん》しています。

黒いほうがジル。私がこちらの世界に来て、ずっとお世話になっている方です。

とても強くて、意外と面倒見がよく、割と面倒臭がりな彼は、冒険者最強と呼ばれています。どう見てもガラが悪いですが、実力と併せてそこに憧《あこが》れる冒険者もいるんです。

こう言うと本人には嫌がられてしまいますが、いつでも私を助けてくれる頼りになる方です。

そして赤いほうがイレヴン。昔、少しヤンチャをしていました。

なんと、そちらでは出会ったことのない蛇の獣人です。よく鱗を触らせてもらいますが、つやつやしていて、少しひんやりとしていて、とても良い触り心地をしています。

性格は少し捻《ひね》くれていますが、実力は折り紙つき。昔取った杵柄《きねづか》で裏の事情にも精通《せいつう》しているので、興味深い話を色々と聞かせてくれるんです。


いつか二人を、きちんと貴方に紹介できればと願っております。

その時はどうか、寛大《かんだい》なお心でお迎えくださいね。

＊＊

リズへ

なんか黒いのと赤いのがいたのは覚えてる。

寛大なお心でお迎えしなきゃいけない奴らなのかよ。礼儀ぐらい叩き込んどけ。

それ以外の理由なら俺の機嫌次第だから、何があっても不貞腐《ふてくさ》れんなよ。


こっちではお前の父親が公爵代理で執務の穴埋めてる。

流石にブランクはねぇな。お前が消えて、足手纏《あしで》いどもが鬱陶しく無能をひけらかしてるところに、世代交代済みの古株《ふるかぶ》何人か引っ張り出してきて黙らせてた。

お前が同じ手を使う時はてこ入れみてぇな目的あるけど、あのオッサンはひたすら自分の仕事の邪魔されたくねぇだけだろ。俺は楽になりゃ何でも良いけど。

あと、お前の下についてた書記官ってのは今俺の下についてる。どっかで見た面してんなと思ったら、あれか。前に家燃やした奴の息子か。

色んなとこに雑用で走り回らせてるけど体力はあるな。お前に躾られただけあって、やること積んでやっても何とかするし、そん時は大抵半狂乱《はんきょうらん》になってるから見てて面白《おもしれ》ぇし。

最近はお前の父親とか古株とかの伝令させてるけど、「自由過ぎる！」って陰で叫んでるらしいぞ。あいつら俺の言うこともあんま聞かねぇしな。やることとやってりゃ文句ねぇけど。

そういやカマ野郎が、お前を迎えに行く為の魔術の研究は順調だっつってた。

物質化できてるなら方向性は合ってるだの、ただこれ以上出力を伸ばすのが課題だの、ブツクサ言ってる。この前のが考え得る限りの最高出力だったから仕方ねぇか。魔術に関してはあいつに任せとくのが一番早いし、俺も必要なもんがありゃ何としてでも手に入れる。

そうだ、そっちで気になる魔術あったら教えろよ。あのカマ野郎もテンション上げて張りきりそうだ。違う世界っつっても、こんだけ簡単に繋がんなら魔力もあんだろ。

＊＊

陛下へ

お父様なら、私も誰より安心して留守を任せることができます。

きっと陛下の大きな助けとなってくれていることでしょう。そちらに帰った時、私も前以上に頑張らないといけませんね。

私の優秀な書記官についてはご自由に。彼も貴方のものです、存分にお使いください。

あの方のお眼鏡に適《かな》うかは分かりませんが、興味深い魔術を見つけました。

私が今滞在している国には、魔鳥《まちょう》を使役《しえき》する兵団《へいだん》があります。パートナーである魔鳥に騎乗《きじょう》し、空を駆ける彼らの機動力は酷く魅力的です。

魔物も人に対して敵意を持つことはなく、互いに非常にリラックスした関係を築いているようです。魔物使い系の魔術式が使われているのだと思いますが、当然のように国家機密ですので、一人でこっそり解明に励んでみたいと思っています。

もし解明できて、貴方の国でも運用が可能ならば、導入を検討しても良いかもしれませんね。とはいえ秘密《ひみつ》裏に国交を開き、使者を交わし、親交を深めて了承を得てからの話ですので、まだまだ遠い未来の話ではありますが。

世界が違うというのが良い方向に働けば、許可を頂ける可能性もきっとゼロではないでしょう。

最後に、貴方と貴方のお兄様には言うまでもないでしょうが、こちらへ繋がる窓には転移魔術を組み込んでお使いください。

こちらの代表の方々も、異邦人《いほうじん》に自らの国を荒らされては堪《たま》らないでしょう。私も貴方から拝《はい》領《りょう》した領地で、貴方の国民であり私の領民である方々に手を出されれば、流石に良い気はしませんから。

＊　＊

リズへ

カマ野郎に魔鳥の使役の話したら鬱陶しいぐらいテンション上げてたぞ。

こっちにもシルバーウルフに騎乗する奴らがいるけど、魔鳥だとそれとはまた違うらしいな。すげぇ早口で喋ってんのが気色悪かった。

窓についても分かってる。

他所が真似できるようなもんにはしない。他の国がそっちの世界の情報摑んでねぇとも限らねぇからな。お前も行ってるし、眉唾《まゆつば》だがすげぇ昔にそっちからこっちに来た奴もいるらしいし、どれだけ有り得なかろうが似たような奴が他にいねぇとも言い切れねぇし。

そっちにはお前が世話になってるし、まぁ同じ国王として変なの入れたくねぇのも分かる。パクられて悪用されるような不義理な真似はしねぇよ。


そういや今日、お前の領地に散歩しに行ったぞ。

あの白い軍服、相変わらず目立つな。俺が屋台でメシ食ってたらこっち気付いて、軍帽直すフリしてさりげなく礼してった。変に絡んで来ないあたり分かってる感がある。

領民は至って変わらず平和的だ。お前んとこってなんか全体的にのんびりしてんだよな。逆鱗《げきりん》都市とかごつい異名あんのに。

つうか、どいつもこいつも陛下って呼ぶなよ。お忍びだっつってんだろ。何の為に俺がどこぞの悪徳商人のドラ息子のナリして歩いてると思ってんだよ。他んとこの俺の国民《もん》は空気読んで知らねぇフリすんのに、お前んとこだけだぞ。百パーお前が俺のこと外でも普通に陛下陛下呼ぶからだろ。お陰で俺の国民《もん》じゃねぇ奴らに二度見されんじゃねぇか。

お前も歩き回ってるみたいだけど、精々《せいぜい》黒いのと赤いのに守らせろよ。

分かってんだろうが、傷の一つでもつけて帰ってくんなら、俺がそっちにカチこみに行くからな。

＊＊

陛下へ

貴方がこちらの世界で魔王として語り継がれる事態にならぬよう、気を付けますね。

私の領地の方々も、決して悪気がある訳ではないんです。私も私の領地でしか隠さないでいませんが、格段の敬意を込めて呼んでいるので、思わず真似てしまうのでしょう。どうか、ご容赦ください。


今日はジルとイレヴンと迷宮に潜りました。

そちらにも迷宮はあれど足を踏み入れたことはありませんでしたが、とても興味深い場所です。

幾つもの迷宮に潜りましたが、全く飽きることがありません。スケルトンの頭蓋骨《ずがいこつ》を集める依頼でしたが、一体何に使うのかが今でも気になっています。

ジルが体部分を粉々にしたり、イレヴンが手足を斬り離したりと大活躍でしたが、頭を傷付けられないと私では決定打に欠けてしまいますね。貴方なら、一発で頭以外を木っ端《こ ぱ》微塵にできるのでしょう。

そういえば、貴方は時々兵の訓練に同行して迷宮に潜っていましたね。私の魔銃も、そこで手に入れてくれたものでした。貴方が宝箱運に恵まれているようで何よりだと、とても喜ばしく思います。

それにしても迷宮の実情を知り、今更ながら少しだけ心配になってしまいます。

貴方の実力は疑うべくもありませんが、罠《わな》などは大丈夫でしたか？　迷宮のルールに苛立つことはありませんでしたか？　犬の鳴き声を強要され、手足を縛られ、不思議な生き物にそのまま運ばれたりはしていないでしょうか。

無事に帰って来てくださっていたこと、何より尊敬致します。

私がいない間も、迷宮に潜ることがあるでしょうか。

どうかお気を付けて。私も迷宮の玄人《くろうと》として貴方を案内できるよう、こちらでしっかりと経験を積んで戻れたらと思います。

＊＊

「俺は迷宮でどんな面白い目にあってんだよ」

そんでお前は迷宮でそんな面白い目にあってんのか。

執務室の机に脚をのせ、だらだらとリズからの手紙を読む。机の前では謁見《えっけん》許可の申請書《しんせいしょ》を持ってきた書記官が、どいつから許可を出せばと唸《うな》っていた。

そんな奴が、ふと手紙に目に止めて声をかけてくる。

「リゼル様からですか？　お元気ならば良いのですが」

「犬の真似させられて手足縛られて変な奴に連れてかれたんだと」

「めちゃくちゃ変質者の被害にあってるじゃないですか、今すぐ連れ戻してくださいよ!!」

「できりゃやってんだよ」

その後もぎゃんぎゃん煩《うるせ》ぇから不敬罪でしょっ引《ぴ》いた（三分で大人しくなって震えながら帰ってきた）。

書籍6巻　電子書籍版特典SS

ナハスと宿主の飲みトーク

昼間より涼しいとはいえ、肌寒さは感じないアスタルニアの夜。そして貴族なお客さん達が何故か思いつきで迷宮〝人魚姫《セイレーン》の洞《ほら》〟の攻略へと乗り出した日の深夜。自分の宿にて。

あの人達の隣にいると未《いま》だに落ち着かない、けど居なければ居ないでクソでか存在感を失った寂しさを覚えてしまう。そんな俺、宿主です。皆様お世話になっております。

「そういえばこの間、おじさん達の店に行ったぞ」

「マジで？」

そして目の前に座るのが、寂しさのあまり酒盛りに付き合わせている友人ナハスです。

親同士が仲良かったので自然とつるんでいますが、こいつが魔鳥《まちょう》騎兵団《きへいだん》に入り、俺も宿のほうにかかりきりになるや否や、あまり顔を合わせることもなくなりました。別に疎遠《そえん》になった訳じゃないけど。大人になるって残酷。

「父さん達、元気だった？」

「ああ、相変わらず美味かった」

「まぁ料理好きが高じて食堂開いたし」

俺の両親ですが、港通りで大衆食堂を開いています。

実はこの宿、元々は両親が経営していたもの。夫婦仲良く営んでいた宿ですが、料理にハマりにハマった父親が宿の食事だけじゃ満足できずに心機一転《しんきいってん》。大衆食堂を開くに至り、今ではなかなか繁盛《はんじょう》しているようです。

「妹も元気そうだったぞ」

「あいつは許さん」

やや年の離れた妹は、宿を俺に受け渡すことにしたと両親から聞いた途端。

『兄貴と二人で宿とか無理だわ（笑）』

そう宣言して両親について行きました。

なんだ（笑）って。どうやって発音してんだ。物凄く伝わってきた癖に意味不明すぎた。

「味音痴《あじおんち》の癖になぁーにが『看板娘として評判だよぉ』だか」

「彼女も頑張ってるんだ、そう言っては可哀想だろう」

「お前はあいつの壊滅的《かいめつてき》料理食べたことねぇから分かんねぇんだよ！　小麦砕いて焼いた炭の塊《かたまり》にやけにトロミのついた牛乳かけてケーキとか言う女だぞ、噛んだ感触きっっしょ過ぎて吐いたわ！」

ねっっ……ちゃ、ってめっちゃ歯にくっついてきました。死ぬかと思った。実際腹も壊した。

「イメージは近いじゃないか」

「イメージで料理できりゃ苦労しねぇんだよなぁ」

グラスの底をテーブルに叩きつけつつ、確かにと頷いて酒を呷るナハスを盗み見。

実は俺の妹、昔からこいつに淡い恋心を抱いております。こいつに食べてもらう為、と度々料理の味見役になっているのが俺です。あいつは味音痴すぎて、自分が作ったものを美味しく食べられるので。何故、俺。早々に料理を諦めてくれれば良いのに。別にナハスが料理できるんだから良いと思う。

そう言ったら『そういうことじゃない！』ってキレられたので女心マジで分からん。

「あ、そういや前、お前んとこの妹と遊んだって言ってた」

「ああ、あそこは仲が良いからな」

「すまんね、いつも構ってもらって」

「いや、あいつら放っておくと趣味に没頭《ぼっとう》するからな。どんどん誘ってやってくれ」

ナハスには三人の妹弟がいます。年の近い妹が二人、だいぶ年の離れた弟が一人。

この妹二人がなかなか曲者《くせもの》です。なにせ年も近いので、俺も子供の頃はよく一緒に遊んでいました。その度、ナハスのいう趣味が炸裂《さくれつ》した訳で。

「全く……好きなものに夢中になるのは良いが、限度があるだろうに」

「おまいう」

「何だ？」

「いや何も」

酒瓶からコルクを抜き、差し出してみせればグラスが向けられました。

自分のグラスを満たしてからそちらにも注いでやれば、ちょうど瓶が空になります。テーブルの隅に何本も並ぶ空瓶の仲間入り、新しい酒を出してこねば。

「お前んとこの妹も相変わらずっぽいなぁ」

「ああ」

ナハスの家族は色々凄いです。

まず母親、鳥マニア。そこらの小鳥から魔鳥まで、全ての種を網羅《もうら》して愛し尽くしています。ナハスは確実に彼女に影響を受けているでしょう。こいつは魔鳥特化ですが。

昔、ナハスの家に遊びに行った時に見た剥製《はくせい》の数々は今でも時々夢に見ます。めちゃくちゃ怖かった。

「上の妹はそろそろ独り立ちを考えているようだ」

「毛皮屋？」

「いや、鞣《なめ》しのほうだな」

そして上の妹は毛皮マニア。

古今東西、あらゆる魔物や獣の毛皮を愛し尽くしています。目隠しされても、毛皮に触れば何の毛皮で何処に生息していた個体かまで分かると豪語《ごうご》する女です。たぶん実際分かる。

今はどこぞの毛皮屋で鞣しの技術から手入れの仕方まで学んでいると聞いていましたが、いつの間にかとてつもない職人に成長しつつあるそうな。マニア凄い。

「下の妹は？」

「上の妹から流してもらうこともあれば、隙あらば冒険者に依頼を出してるらしい」

「あー」

下の妹、こいつは比類なき角《つの》マニアです。

とにかく角。獣の角、獣の魔物の角、魚の魔物の角。あまり出回るものでもないので、確かに気になる角があれば冒険者に依頼を出すしか方法はないでしょう。

今は鑑定士見習いをしているそうですが、角に関しては百発百中だとか。多分こいつも目隠しチャレンジ百発百中できる。ちなみに夢は、古代竜の角を目《ま》の当たりにすることらしいです。

「弟くんはほんとにちっさい頃しか会ってねぇなー」

相変わらずで何より、と立ち上がってキッチンへ。

つまみ、つまみ、と棚から燻製《くんせい》チーズを取り出して適当に切って、色々なナッツを詰めた大瓶も。

一刀なお客さんと獣人なお客さん、結構飲む人なので最近は色々なつまみを常備しています。お駄《だ》賃《ちん》貰えるし。なんかオシャレなつまみ用意したくなるし。

「もう十四、五だっけか」

「ああ、この前十五になった」

若さが眩《まぶ》しい。

「最近は、どうやら魔物の核を集めているみたいでな」

そして順調にマニア化しとる。

何なのこいつんち。マニアの英才教育なの。それにしてはハマんの微妙にばらばらだし天性の才を感じずにはいられないんだけど。

「核ねぇ……何それ、魔物ごとに違いあんの?」

「並べたのを見せてもらったが、形も性質も微妙にあるみたいだな」

「全然分からん」

「こういうのは御客人が詳しいんじゃないか？」

「あー、貴族なお客さん」

冒険者だからじゃなく、知識人だからですね分かります。

そういえば、前に普通の獣と魔物の違いを教えてもらったことがありました。依頼ではどっちの討伐も依頼料はそう変わらない、そんなことを話してたお客さん達の会話が気になって聞いてみた時です。

『魔物と獣の違いってあるんですか？』

『そうですね……はっきりとした定義はないんですけど』

『〝諸説《しょせつ》あります〟ってコト？』

『そんな感じです。うーん、一番分かりやすいところで、魔物は〝生命維持《せいめいいじ》に必要な量以上の魔力を意図的に取り込もうとする生物〟でしょうか』

『嗜好品《しこうひん》っつうことか』

『できましたら私めにも分かるように説明していただければと……』

『俺達は生きるのに魔力が必要ですけど、普通に暮らしながら〝あ、魔力欲しい〟とはなりませんよね。敢えて欲しがらなくとも呼吸と食事で自然と摂《と》れてるので』

『魔力量増えたら良いのに、とは別？』

『別です。個人の魔力量って外的要因で増えないでしょう？』

『あー、何となく分かるかも』

『分かんねぇ』

『ニィサンはなァ』

『それを増やせるし欲しいのが魔物ってことですかね』

『そのとおりです』

この時の〝よくできました〟的な笑み、半端なかったです。閑話休題。

『自分の強化の為だったり、嗜好品として好んでいたり、色々違いはあるそうですけど』

『だから襲い掛かってくんのか』

『そう、人は生物の中でも魔力量が多めなので』

『あー、成程』

『魔物の核も、取り込んだ魔力の余剰《よじょう》分が結晶化したんじゃやって言われてるんですよ』

とのこと。凄く分かりやすかった。

確かにそんな貴族のお客さんなら核のことも詳しく教えてくれそうです。でも核に対しての興味が微塵も湧かない。弟くんには大変申し訳ないけど多分一生聞かない。

いや、毛皮や角とかにも興味ないですが。だから正直、あの一家に会うと始まるマニアックトーク凄く困る。あ、父親は違うけど。

「親父さんどう？」

「最近腰をやったな」

「またかぁ」

マニア一家の良心、ナハスの親父さんは樵《きこり》をやってます。

職人気質なので何かしらのこだわりは持ってるんでしょうが、こいつらみたいなこう……偏執的《へんしつてき》な愛は持ち合わせていない様子。どちらかといえば寡黙《かもく》な親父さんです。

「あそこの角の薪《まき》屋は最近、魔石《ませき》がどうこうってブツブツ言ってっけど」

「うちは鍛冶屋《かじや》なんかに売ってるからな。あんまり影響はないんだ」

「何で？」

「魔石じゃ火力は出んだろう」

あ、成程。

魔石も便利なんですけどね。パッと火つけてパッと消せるし。けど魔石の個数ぐらいでしか火力調整できないし、幾ら集めても一個の魔石の最大火力以上は出ないし、そもそもそれもあんま強くないし。

「魔石も金かかるもんな、魔力なくなったら補充してもらわなきゃならんし」

「自力で補充できるなら便利だろうにな」

「俺にも貴族なお客さんぐらい魔力あればなぁ」

「そんなに多いのか」

「いや知らんけど」

他人の魔力とか全く分からん。

でも貴族なお客さんいかにも多そう。そんな雰囲気してる。

「まぁ、魔法使いだし多いんだろうな」

「だっろ」

口にナッツを放り込み、噛み潰せば鼻に抜ける独特な香り。

珍しい豆が入ったからって聞いて買ってみたけど、なかなか癖がありました。お客さん達から文句が出たことはないし、相変わらず獣人なお客さんはおかわりを求めてきたので、きっと気に入ってくれたはず。

「……魔法使いか」

「ん、どした」

「いや、それが……」

ふいにナハスが渋い顔をしながらポツリと呟きました。

何だ何だ、貴族なお客さんに文句でもあるのか。喧嘩なら買うぞ。まあこいつ相手だとめっちゃ負けますけど。軍人と一般人を比べないでほしい。

「弟が、冒険者になりたいと言っていてな」

おっとまさかの弟くんの話題リターン。

まぁ、核なんてもんのマニアしてれば当然そうなりますよね。毛皮や角と違って魔物オンリーの代物ですからね。しかも入手手段が完全に依頼オンリーですからね。ですよね。

ただ俺も俺の妹に冒険者になりたいって言われたら全力で止める。

「でもまぁ弟くんも男だし好きにやらせてみれば……」

「冒険者だぞ！　危険しかない、荒くれ者しかいない、申し訳ないがまともな職じゃない！」

「うちのお客さん達ディスんじゃねぇよ！」

「あいつらは関係ないだろう！」

ないか⁉

「いやだって貴族なお客さんとか一応」

「あいつもまともではないだろう！」

まぁそうだけど。

「ほら、一刀なお客さんとかめっちゃ成功して」

「あれが何の参考になる！」

まぁそうだけど。

「でも獣人なお客さんとか余裕あって」

「あれは余裕じゃなくて癖があると言うんだ！」

まぁそうだけど。

あれ、うちに泊まってんの冒険者じゃないんだっけ。冒険者の話題なのに関係性を滅茶苦茶否定されたからそんな気がしてきた。お客さん達が帰ってきて顔見ればはっきりする気が……いや今まさに迷宮に潜ってんだから冒険者じゃねぇか危ねぇー‼

「俺としても夢は応援してやりたいんだ……けどあんな、のんびりした奴が……」

親か。

グラスの中身を飲み干したナハスに、新しい酒瓶を差し出してやりました。固いコルクを捻るように抜き、トクトクと流し込んでいる量には遠慮がない。間違いなくやけ酒です。

ていうかのんびりっていうと貴族なお客さんも大概なので、そこはどうにでもなる気が。いやあの人がかなり特殊な例っていうのは流石に分かってますが。

「あ、お客さん達に預けて鍛《きた》えてもらえば？」

本人たち嫌がりそうなので冗談だけど。

「あいつらは人の面倒を見れる人間じゃない」

「何でそこだけ冷静だよ！」

こいつお客さん達に凄ぇ面倒見良いのに、こういうのはしっかり言う。

甘い訳じゃないんですよ。面倒見良いだけで。だから説教できるんでしょうけど。最初、貴族なお客さんから「ナハスさんに叱《しか》られちゃって」って聞いた時は思わず二度見しました。ナハス凄ぇ。

「いや、例えばだって例えば。ほら指名依頼とかで引き受けてくれれば、意外としっかり先生してくれるかもしれない気がしないでもなくなってきたすまん」

「そうなるだろう」

いやだってお客さん達って悪気なく変なこと教えそうだし……本人達の常識がずれてる的な意味で……いや獣人なお客さんはやや悪気を滲ませそうだけど……。

はっ、気がついた。

「駆け出し冒険者があの人達の常識を身につけた時に待つのは死では？？」

「そう、そうなるんだ!!」

色んな意味で上級者向けの人達なんですよね分かります。

その後は何故か「ちゃんと飯を食ってるのか」だの「変な魔物に手を出してないだろうな」だの「睡眠はしっかりとれてるのか」だの、お客さん達への愚痴《ぐち》なのか心配なのかよく分からない話に移行しました。迷宮に潜ってる冒険者への心配としてはどうなんだろうっていうのが次々に出るあたり、流石はうちのお客さんだと思います。

そして互いにぐだぐだと話し、散々魔鳥自慢を聞かされたりしていると、すっかりと月も傾く時間になるというもので。

「酒臭いとうちの奴に嫌がられるんだ……」

「魔鳥のこと嫁っぽく言うの止めろよぉー」

「じゃあな、戸締《とじ》まりはしっかりしろよ」

「うぇいうぇい」

人通りの一切ない深夜過ぎのアスタルニアを、ナハスは流石に酔いながら帰っていきました。いやね、この年になると徹夜《てつや》できんのよ。疲れとれんくて。同じくべろんべろんな俺ももう寝ますおやすみなさーい。

そうして俺は、宿の扉を閉めるのでした。あ、やべ、戸締まり戸締まり。

書籍7巻　TOブックスオンラインストア特典SS

ギルド職員はスキンヘッドを撫《な》でながら語る

最初見た時は、そりゃ何処その王族が来やがったと思ったもんだ。

普段は煩ぇ冒険者共も、そりゃもう落ち着きなくしてそわそわしやがって。中には行儀の良い振りしたり余裕ぶる奴らもいるんだから、良い金蔓《かねづる》だとでも考えてたんだろうさ。

ようは羽振《はぶ》りの良い依頼人。誰もがそう思った。もちろん俺もそう思って、気合を入れて依頼の受付カウンターで待ってた。そんななか、三人は平然と依頼ボードに歩いていくんだから、俺らの衝撃のでかさは想像がつくだろう。

「あれ依頼人だよな」

「おっさん、俺らに依頼回せよ」

「馬鹿野郎、Sになってから言え」

今まさに依頼用紙を持ってきた奴らが、例の三人へと視線を向けながら逸《はや》るように告げたのを切り捨てる。報酬目当てだろうが百年早ぇ。

とはいえ、今アスタルニアにSランクはいない。さて、どのAランクに依頼を回すべきかと俺も先走って考えていた時だ。

「つうか一刀だろ、あれ」

後ろで何かしていた同僚《どうりょう》がわざわざ手を止め、話に加わってくる。働け。

「アスタルニア入りしたって噂あったけどマジだったか」

「冒険者最強なぁ、初めて見た」

「あいつゴーレム斬れるってマジ？」

小声だが、それにしても堂々と見過ぎだろう。

のぞき見どころじゃない、体ごと向けて見物だ。ギルド中がそんな状態だってのに、視線を集めてる当の奴らはのんびりと注意喚起《かんき》用のボードを眺めてやがる。

まぁ、慣れてんだろうな。どうしたって目を引く面子《めんつ》だ。

「つか邪魔だろ、どかせよ」

「悪ぃな、我慢してくれ」

「冒険者でもねぇのに依頼見てどうすんだか」

隣の受付に並んだ冒険者が、鬱陶しげに文句を零した。

そりゃ今の時間、あんな奴らに依頼ボードの前を占領《せんりょう》されりゃ邪魔でしょうがねぇわな。気持ちは分かるが、お偉方《えらがた》の気まぐれだ。変につついて面倒なことになるよかマシだろ。

だが、一刀を連れててギルドに何の用があんだか。物足りねぇってことはねぇだろうに。

「人足《にんそく》でも探してんのかね」

「まぁそうだろうな」

そう結論づけて、同僚は後ろに戻っていった。

人手集めならランクはそんなに高くなくて良いだろうな。とはいえ最低限の礼儀はある奴らを集めねぇと。そんなことを考えながら、目の前の奴らの依頼受諾手続きを終える。

さて、次の奴らは。例の三人の動向を気にしつつ顔を上げれば、何やらその三人の周りの奴らがざわついていた。

「何だ、どうした？」

新しい依頼用紙を押しつけてきたのは年若い犬の獣人。

こいつはソロだから、どっかのパーティに自分を売り込むか、似たような奴らでパーティを組むしかねぇ。一緒にいる顔ぶれを見る限り今回は後者か。

愕然《がくぜん》とした顔で三人を凝視している姿に、もう一度答えを促す。

「おい、何があった」

「なんか……冒険者だった……」

「そりゃ一刀は、いや、赤毛のほうか？　ありゃてめぇよかよっぽど腕立つぞ」

「や、違うって、あの、高級っぽいの」

高級ときたか。そうか。

いや、そんなことより考えなきゃならんことがある。こいつ何て言った。冒険者だと？

「あれが冒険者だ？」

有り得ねぇだろ。あれが冒険者なんざ、登録を受け付けたギルドは何してんだ。ああいうのはギルド登録禁止って決まってんだろうが。

ここでも王族の一人が冒険者になりたいって突っ込んできたのを撥《は》ねのけたことあんだぞ。ありゃ王族兄弟の末だったか。うちの王族はまぁ、変わってっからな……自分の国の王族だってのにちょっと引いたわ。

「待て。つうことは入国でギルドカード出してんだろ。何で通ってんだよ」

拒否しろとは言わねぇ。だが確実に確認入るだろ、あんなの。

「マジで冒険者なんかな」

「や、見るからに王子じゃん」

「高級だよな」

てめぇら高級って言うの止めろよ。

若い奴らがひそひそ言っている間に、手早く手続きを終わらせる。ギルドカードを奴らに返し、そしてさっさと行けと追い払った。

「どうする？」

隣で受付している同僚が、同じく手が空《あ》いたのを機に小声で聞いてくる。

「一度ギルドカード見てみるしかねぇな」

何処で登録したのかも分かる。攻略した迷宮と倒した魔物だけでも確認すりゃ、どんな冒険者なのかも分かるだろ。それしかないかと納得した奴は、例の三人に並ばれて酷くしどろもどろになって対応し始めた。

奴の最大の功績は確認すべきことは確認してたことだな。ギルドカードによって読み取れたのは、酷く真面目に冒険者をやっていること。あとは一刀の怒濤《どとう》の迷宮攻略履歴で、三人が去ったギルドで俺達が興奮のあまり大騒ぎしていたのはここだけの話だ。

アスタルニアのとある昼下がり。

あの三人の存在もすっかりと馴染み……とは言えねぇが、冒険者ってのを疑わなくなった頃……いや、一人に関しちゃいまだに信じきれてねぇ奴もいるが。まぁそんな頃。

入れ代わり立ち代わり冒険者の奴らが出入りするギルド。そこに一日中立ってりゃ、一日一回は例の三人の話を聞く。

「穏やかさん、港でババァに交じって貝割ってたんだけど」

「依頼だ」

あの品の良い奴は、大体の冒険者に〝穏やかさん〟なんて呼ばれるようになった。

他にも呼び名はあんだけどな。何て呼んでも大体伝わるから不便はねぇし。

「すっげぇ当然のように会話楽しんでんのに、すっげぇ一人だけ浮いてんだけど」

「しょうがねぇだろ。浮くから止めろとか言えるか？」

「ババァから菓子すっげぇ貰ってんだけど」

「だから何だよ。おら、机座んな」

早々に依頼を済ませたパーティの奴らが、暇なのか俺の周りでたむろってる。だべんのは良いけど尻を乗せんな、尻を。そこで仕事すんだから。

つうか、最近あいつの目撃情報が出回ってんな。港でロープ持って何かしてただの、大衆食堂で皿運んでただの、網構えてウロついてただの。思い出してみるとシュールだ。まぁ全部依頼なんだけどな。目立つ奴だし、気持ちは分からないでもねぇ。

「何でそういうのすんの？」

「俺に聞くなよ……」

アスタルニアじゃ力に物を言わせるような依頼、それこそ迷宮系だったり、金に困りゃ港で荷運びしたりってのが人気が高い。だから余計に目につくんだろ。そこで「腰抜けだ」って声が上がんねぇあたり、まぁ最初はそんな噂も出回ったが、とにかくあいつが楽しそうに依頼を選んでいるだけある。

「魔法使いなのに勿体ねぇよな」

「そんだけ魔力ありゃ、割の良い依頼受けれんだろうに」

「てめぇらだって受けたくねぇもん受けねぇだろうが」

そりゃそうだ、と納得したように頷くんだから冒険者ってやつは自由なもんだ。

コストなんて度外視しやがる。利益を最優先なんてしやしねぇ。何つっても好みの依頼を受けてぇっつうんだから、ギルドがなきゃ碌《ろく》なことになんねぇんだろう。

「そういやおっさん、鎧鮫《よろいざめ》食った？」

「いや、食ってねぇ」

「一刀と獣人も獲《と》ってきてんだろ？　食えねぇかなー」

あれだけ周りを騒然とさせた鎧王鮫《オリハルコンシャーク》も、二匹三匹と続いちゃこんなもんだ。いや、勿論獲ってきた時は大騒ぎだったけどな。収まんのが早かった。

港で解体されてんのを俺も見に行ったが、よくあんなもん倒せるもんだと思う。

「獲ってくりゃ良いだろうが」

「無理だろ、あんなん」

机に凭れながら、床に行儀悪くしゃがみながら、冒険者の奴らは無理無理と手を振った。

俺も知ってて言ったけどな。簡単に倒せんならこんな大騒ぎになんてなってねぇんだ。

「マジ化けモンだからな、あれ」

「あの迷宮潜ったことあっけどさぁ、まず戦う発想がねぇわ」

「分かる」

「何かもう魔物じゃねぇよな」

情けねぇ、とこれに関しちゃ俺も思いやしない。

それが当たり前だからだ。その常識をぶっ壊した奴らが、それを自慢も言いふらしもしない。謙《けん》遜《そん》も隠しもしない。奴らにとっちゃ何も特別なことじゃなくて、それこそ当たり前のことだからなんだろう。

その一人が今、港でのほほんと貝割ってる事実にやや遠い目をしたくなるが。

「あの素材、金貨何枚になんだろ」

「大儲けだよな」

「つか欲しいんだけど売らんの？」

「前のは自分らのもんにして、売る予定もねぇってってたがな」

〝人魚姫《セイレーン》の洞《ほら》〟の踏破《とうは》について話を聞いた時、ついでに聞いていたことを伝えれば、ぐだぐだとたむろしている奴らはあからさまに肩を落とした。

素材の良し悪しは装備の良し悪しに直結するからな。出来合い買う奴らも少なくねぇが、職人に素材持ち込んで作らせる奴らも少なくねぇ。後者は好きなデザインにできるってのが大きいが、労力もかかりゃ破損した時のショックも半端ねぇらしいが。

手元で依頼を種類分けしながら、そんな事を適当に話していた時だ。

「失礼致します。商業ギルドの者ですが」

ギルドの扉を開けて、見覚えのある制服を着た商業ギルドの職員が入ってきた。

「おう、どうした」

「わざわざ男が来んのかよ」

「華がねぇなぁ、華が」

「おら、てめぇらは黙ってろ」

そんなんだから女職員が来たがらねぇんだろうが。

周りでやいのやいの言う奴らを黙らせて、椅子から立って職員を迎える。俺の前のスペースを開けた冒険者の奴らに、すれ違い様に値踏みするようにジロジロと視線を注がれている当の職員が顔を引き攣らせていた。

悪ぃな、悪気はないんだ。そういう習性だと思って慣れてくれ。

「いつもお世話になっております。今お時間、宜しいでしょうか？」

「大丈夫だ」

「良かった。それで、本日はご相談がありまして」

商業ギルドの職員は礼儀が良すぎんだよな。

「鎧王鮫《オリハルコンシャーク》の肉に関してですね。こちらのギルドで買い取ってはいないかと」

「あ？」

まぁ、簡単な話だ。

前に鎧王鮫《オリハルコンシャーク》が極々少量出回った。ほとんどは漁師関係に配られたらしいが、余った分を突発的に競りで捌《さば》いたというからその分だろう。結果は大絶賛。料理人なんかは感動しちまって何をしてでも扱いたいと息巻いた。それを聞いた奴らも負けてられねぇと動き出す。何せ話題性は抜群《ばつぐん》だ。

極上の食材が出回ったという噂だけで、それが冒険者によって齎《もたら》されたという内情を知らない者も多いという。広がりすぎた噂っつうのはそういうもんだからな。結果、商業ギルドに流通に関しての問い合わせが相次《あいつ》いだ。

「穏やかさんのことじゃん」

「つうか俺が食いてぇんだけど」

「それな」

だべる奴らの隣、ほとほと困り果てたような職員もダメ元の申し出なんだろう。

確かに冒険者ギルドでは冒険者から素材を買い取っている。それは商業ギルドに卸《おろ》され、さらに売り捌かれる。冒険者の奴らも、依頼を受けた素材以外はどうしようもねぇしな。持ってたって重いだけだし場所もとる。

だからまぁ、うちに来たんだろうが。

「悪ぃな。うちにも流れちゃいねぇんだ」

「そうですか、そうですよね。ちなみに今後のご予定は」

「奴らぁそもそも、素材をギルドに売ったことがねぇからなぁ」

山ほど素材持ってるだろうにどうしてんだか。

他所で売れるような伝手《つて》でもあんのか。まさか捨ててきてるって事はねぇだろ。そういやあいつらいっつも荷物少ねぇな……。

「その冒険者の方々に交渉、いえ、依頼を出すことは」

言い直したのは賢明だ。別にうちとしても禁止はしねぇが、ギルド通さねぇ依頼ってのは冒険者側にあんま喜ばれねぇ。

「おいおいおいおいオッサン、あの人らに指名依頼だって？」

「そりゃあ無謀《むぼう》ってモンだろ」

冒険者の奴らがニヤニヤと笑いながら、職員の肩へドスリと腕を乗せる。

何でてめぇらが微妙に得意げなんだよ。そのつもりはねぇだろうが絡むなよ。

「指名依頼蹴るなんざ信じられねぇだろ？　けどな、あの人らはすんだよ」

「受けてもらえた奴なんざ、顔見知りぐらいじゃねぇか？」

「受けてぇ依頼しか受けねぇ。たとえ、てめぇらのギルドのトップが頭下げようがな」

絵面《えづら》が一般国民に絡む冒険者でしかねぇな。

だが職員もアスタルニア国民。やや気圧《けお》されてはいるものの、怯《おび》えて口を噤《つぐ》むような真似はしねぇ。

「成程。今もまさに、その依頼を受けにいっていると」

「お、おう」

「そりゃ、そ……己の心のままにな！」

己の心のままに港に貝を割りに行ってんだが。

まぁ分かる。別にそれも立派な依頼だが言えねぇよな。一刀や獣人も今日は依頼受けてねぇし。

「まぁ、そういうこった。諦めな」

「そのようですね。一応確認ですが、他の方が鎧王鮫《オリハルコンシャーク》を持ち込むことも」

「できる訳ねぇーーーだろ!!」

「商人っつうのはこれだからよぉ!!」

「絡むなっつってんだろてめぇら!!」

それでもぎゃんぎゃん文句を言う冒険者の奴らに最終的に商業ギルドの職員もキレ返してたが、こんくらいじゃギルド同士の関係は悪くならねぇから好きにやらせた。

そんなこんなで、そこかしこで噂になってる奴らだが。

「そういえば昨日、楽しい夢を見た気がします」

「マジで？　俺なんかイラッとする夢だった。あんま覚えてねぇけど」

「ジルは？」

「色々やかましい夢」

依頼を選びながらどうでも良い話をするようなマイペースな奴らだから、俺達が慣れるしかねぇんだろう。まぁ、面倒を起こさねぇだけで俺達ギルドにとっちゃ良い冒険者だ。

書籍7巻　電子書籍版特典SS

堂々とギルドに依頼した（バレなかった）

リゼル達は今、依頼を受けて昼間の森にいた。

植物が生い茂り、見通しは悪い。今日の依頼はそんな森の中で、依頼主が落としたというネックレスを探さなければならなかった。

「この、本当にジャングルっていう感じがなかなか」

リゼルは樹上から垂れ下がる蔓《つる》を避けながら道なき道を進む。

草木の生い茂る森は非常に歩きにくい。地面から張り出した根をまたぎ、顔より大きな葉をくぐり、苔《こけ》むした岩に靴底が滑りそうになって樹の幹に手をついて耐える。

「まァ、慣れてねぇと歩きづれぇッスよね」

「イレヴンは流石ですね」

先頭を歩くイレヴンが楽な道を選んでくれているだけ随分と楽なのだろう。

そして後ろから手を伸ばしたジルが葉を避けてくれるのも有難い。リゼルではまだまだ、足元に気をつけるだけで精一杯だ。

「こんな場所まで染料《せんりょう》とりに来てんだから逞《たくま》しいよな」

「アスタルニアの人達にとっては、それこそ慣れたものなんでしょう」

「方向こっちで合ってる？」

「はい、多分」

依頼人がネックレスを落としたのは今日の早朝も早朝のこと。

染め物に使う木の実を採りに森を訪れ、十分な量をつんで帰ろうとした時だ。籠《かご》を持ち上げようとした際に引っ掛かり、留め具が千切れ、地面に落ちた途端に大きなトカゲらしき何かがそれを咥《くわ》えて凄い速さで何処かに消えたという。

それは果たして落とした範囲に入るのかと、三人はギルド職員から話を聞いた時に思った。

「ひとまず依頼人の方がトカゲを見た所に行く、で良いんですよね」

「ああ」

「足跡残ってっかなァー」

そして暫く歩いた頃。

鳥の声や葉擦《はず》れの音にまぎれ、ふいに三人へと近付いてくる音があった。ガサリガサリと草を搔き分ける音は魔物ではない。間違いなく人だろう、とそちらを眺める。

「他の冒険者でしょうか」

「じゃねぇだろ、一人だ」

「狩人《かりうど》とかじゃねッスかね」

ジルやイレヴンが気にした様子がないのなら警戒すべき相手ではないのだろうとリゼルも頷き、三人は特に気に掛けることなく歩を進めていく。進路は音が近付いてくる方向だが、わざわざ避けて遠回りをすることもない。

あちらもリゼル達に気がついていたのだろう。此方を見つけると、大きく手を振りながら歩み寄ってくる。弓を背負っているのでイレヴンの予想どおり狩人か。

「おう、冒険者…………か？」

リゼルだけやけにまじまじと見られた。

「おっさん狩人？」

「おう、手ぶらじゃ説得力ねぇけどな」

イレヴンの言葉に、狩人はふっふっと目尻の皺を深めて笑う。

「冒険者は魔物を狩ってくれるから有難い」

「狩人さんは狩らないいんですか？」

「狩れりゃあ狩っとる」

目をシパシパさせながら答える狩人に、成程とリゼルは頷いた。

よほど希少な種でもなければ、毛皮の単価は獣より魔物のほうが高い。海での魔物漁のように狙えたら狙うのも手だが、獣を狩るのと魔物を狩るのとでは全くの別物なのだろう。

「獣獲るよか魔物狩るほうが楽だよなァ」

「そうなんですか？」

「向こうから来るからな」

「冒険者は皆そう言うな」

頼もしいことだと笑う狩人に、リゼルは納得したように思案する。

上手く住み分けられているからこそトラブルもないのだろう。無秩序に狩るな手を出すなといった、狩人と冒険者の対立も予想していたのだが、何事もないのなら何よりだ。

そもそも、リゼルが何故そんな予想を抱いていたかといえば。

「魔物を狩れるような狩人なんざ、一人っきりだ」

悪戯《いたずら》っぽくクシャリと笑った狩人に、リゼルとジルはイレヴンを見る。

そう、魔物を狩れる狩人を知っていたからこそリゼルは誤解していたのだ。あれが狩人の基準でないのだとすれば、確かに諍《いさか》いなど何も起こり得ないだろう。

「そう、お前さんと同じ獣人でな。矢も使わねぇのに罠だけで魔物でも獣でも何でも狩れんだ」

「同じっつうか多分父さん」

「何だって？」

狩人が驚いたように目を瞬かせる。

「イレヴンのお父様は有名な方なんですね」

「俺も初耳」

「つうか得物《えもの》持たねぇのかよ」

「解体用にナイフくらいは持ってたっぽい？」

今も何処かで道に迷いながら獲物を狩っているのだろうか。

そんなことを話すリゼル達に、狩人は本当のようだと気を取り直すように首を振った。狩人の世界では酷く名を馳《は》せているものの、方向音痴すぎていつの間にか現れては消えていく存在。そんな存在の息子に出会えるとは、と。

「あ、そうだ」

ふとリゼルは狩人と向き合った。

「今、依頼で探し物をしてるんです。金のネックレスなんですけど、落ちてるのを見ませんでしたか？」

「ネックレスだ？」

「はい、トカゲが咥えていったらしくて」

狩人は弓を背負いなおし、しっかりとした肩幅を縮めるように腕を組む。

何かを思い出すように視線を投げて無言になった相手に、心当たりがあるようだと三人は答えを待った。話し方も静かであるし、極力音を立てない習慣が身についているのだろう。

「トカゲっつうか、魔物じゃねぇか。それ」

「え？」

「あー、鉱石トカゲ！」

狩人の言葉に、イレヴンが声を上げる。それだ、とばかりに狩人は頷いた。

「鉱石を食べるトカゲ、ですよね。食べた鉱石がそのまま鱗に出る」

「そうそう」

「あれが食い物《モン》以外の光り物に目ぇつけんの見たことねぇぞ」

「天然モンはそういうの集めて巣作りすんの」

へぇ、とリゼルは感心したように呟いた。

天然物、というのは迷宮の外にいる魔物の俗称だ。別に迷宮の魔物が天然でない訳ではないのだが冒険者達はそう呼ぶ。迷宮の魔物とは違った習性を持つ魔物も少なくなく、それが依頼達成の落とし穴になることも度々あるそうだ。

「じゃあ巣を探せば良いんですね」

「おっさん何か知らねぇ？」

「魔物は専門外だ。……あぁ、ただ、ちょっと行った所に崖《がけ》がある。あそこなら鉱石があるかもな」

貴重な情報を貰ったリゼル達は礼を告げ、狩人と別れた。


紫の実、赤い萼《がく》。成程、確かに良い染料になるだろう。

木肌を締めつける蔓に点々と実をつけたそれを、かがんで眺めていたリゼルは一つ頷いた。

「きっと、この辺りでネックレスを落としたんですよね」

「多分な」

リゼルは額に張りつきそうになる前髪をよけながら立ち上がる。

多湿な森の中を歩き続けるのはなかなか辛い。ジルを見上げれば、襟元を寛《くつろ》げながら目を伏せていた。足跡でも探しているのだろう。つい今朝に起こったことなので、朝露に濡れた地面は有り難いことにしっかりと依頼人の足跡を残していた。

途中からそれを辿って此処まで迷わず辿り着いたのだが、リゼルでは鉱石トカゲの足跡までは見分けられない。自分達三人分の足跡さえ、改めて比べなければ区別できないのだから。

「いろんな足跡がありますね」

「良い餌場《えさば》なんだろ」

「これ、美味しいんですか？」

「美味いけど口ん中すっげぇ色になんスよ」

ガサガサと、周囲を探索しに行っていたイレヴンが草木を掻き分け帰ってきた。

「どうですか？」

「それっぽいのがあっちに……あ、食った」

問いかけながら木の実をむしり、イレヴンの返答を聞きながらリゼルはそれを食《は》む。奥歯で噛み潰せば、硬めの感触の後に甘酸っぱさが広がった。喉の奥が一瞬きゅうとなるが、舌で転がしている内に徐々に甘味が強くなる。

うん美味しい、と頷いてそれを飲み込んだ。そして、ジルへとぱかりと口を開いてみせる。

「どうですか？」

「すっげぇ紫」

「見せて見せて」

満足げなリゼルが、ふいに新しく木の実をむしった。

はい、とばかりにジルとイレヴンに渡せば、二人はすんなりと己の口へと放り込む。その姿を楽しみにリゼルが眺めることしばらく。

「ん」

「べ」

「うん、紫です」

舌を出してみせる二人に可笑しそうに笑い、さてとリゼルは本題へと戻った。

「足跡、見つかりましたか？」

「あ、そうそう。あー、でもちょい自信ないかも。ニィサン見て」

「トカゲの足跡なんざ分かんねぇよ」

イレヴンに先導された先にあった別の木の実の群生地にも、やはり依頼人のものと思《おぼ》しき足跡と獣らしき足跡が幾つか。しゃがんだイレヴンが一つの足跡を指さす。

よく見なければ分からないくらいに薄っすらと跡が残るそこには、爪痕らしき小さなひっかき傷が幾つか付随《ふずい》していた。

「多分これ」

「あー……」

ジルも上から覗き込み、曖昧に頷いた。

「崖方向に向かってるのはこれだけですか？」

「これと、こっちも」

「それは違ぇだろ」

「じゃあ、最初に見つけてくれた足跡を追ってみましょうか」

巣作りに使うのならば食べられてしまうこともない。リゼル達は特に急ぐでもなく、のんびりと足跡をたどり始めた。


「ほぼ垂直ですね」

「そうだな」

「まぁ崖だし」

リゼル達は辿り着いた崖の上で、三人並んで底を覗き込んでいた。

幅は大の大人が両腕を目いっぱい広げた倍ほどで、深さも特別深くはない。しかし飛び降りれば高確率で何処かしら負傷する、高さ四メートルか五メートルくらいの崖だ。とはいえ、見下ろしてみると結構な高さなのだが。

お陰で底も明かりはいらない明るさとはいえ、崖は視界の左右端から端まで途切れず伸びている。降りられそうな場所がない。

「イレヴンの実家までにも似たような崖がありましたよね」

「これがでっかくなったトコだったんじゃねッスか」

「どんだけ続いてんだよ」

さて、と三人は覗き込んでいた体を起こした。

トカゲの足跡はここで途切れている。ここから崖の下に降りたのは間違いない。あとは、リゼル達の目の前で左右に伸びた崖のどちらに進んだのかだが。

「多分あっち、金物《かなもの》くせぇし」

「狭いほうに行ったんですね」

唇の端を舌でなぞりながら告げたイレヴンに、リゼル達もあっさりと続く。

「こういう崖、足でザザッと下りるのにちょっと憧れます」

「何でだよ」

「格好良いじゃないですか」

ジルとイレヴンならばヒョイッと飛び降りて何事もなく着地できるだろうが、そうではない。リゼルにとっては滑り下りるのが冒険者らしさ溢れる下り方ナンバーワンだ。順位は独断と偏見《へんけん》による。

「初《しょ》っ端《ぱな》コレはリーダーにはきついかなァ」

「お前はそのまま落ちてくだろ」

リゼルは直立不動で垂直に落下していく自分の姿を想像し、成程と頷いた。挑戦するならもっと傾斜《けいしゃ》が緩やかな坂か。何事も練習だ、と次の機会を待つことにする。

「お、みっけ」

ふとイレヴンが立ち止まり、崖の中のやや先のほうを指さした。

そこには崖の底、ゴツゴツとした硬そうな巣の上で眠る鉱石トカゲの姿。鱗は凹凸《でこぼこ》としており、まさに鉱石交じりの岩肌のようだ。崖の壁面に時折見かける純度の低い鉱石が主食なのだろう。

「硬そうな寝床」

「鉱石と、折れた剣とか何かの金具も……あ、ネックレスもありますね」

「それっぽいもん拾ってくるんスね」

三人は声を潜めながら崖に沿って巣へと近付いた。

真上から見下ろした鉱石トカゲは体長一メートルほど。時折ぴくりと細い爪や尾の先を揺らしながら寝ている。

「ネックレスが傷つくと嫌ですし、こっそり取っちゃいましょうか」

暴れて鋭い爪で引っかけられても困る。

折角寝ているのだし、退治しろという依頼でもない。積極的に人を襲うような種でもないので、簡単に済むならそのほうが良いとジル達も同意するように頷いた。

「飛び降りたら気付かれんな」

「じゃ、ロープ?」

「そうですね」

「そこら辺の木使うぞ」

「ニィサン持てば?」

「あ?」

「あ、じゃあ俺が下に行きますね」

「えー」

「良いんじゃねぇの」

「じゃあやっぱニィサン持って」

そして崖の際に立ち、腕を前に真っすぐに伸ばしてロープを握るジルと、そのロープの先に手足をぶら下げて腰で吊り下げられているリゼルという変な光景が誕生した。

イレヴンは笑いを耐えてプルプルしているが、リゼルは至極真剣だ。浮かべられた微笑みに気負いはないものの、依頼人の願いを叶える為の最善の手段だと確信を持っている顔をしている。ちなみにジルは大して真剣でもない。

「下ろすぞ」

「お願いします」

「リーダー頑張って」

ひらひらと手を振るイレヴンに手を振り返し、リゼルは崖下へとゆっくり下りていく。

そんな姿を、シュールな光景だよなとジル達は何とも言えない心持ちで見下ろしていた。本人がやりたがったうえ、手段としても適切ではあるのだろうが何かが違う感がある。

「起きたら俺下りるわ」

「ああ」

「お、ストップストップ、そろそろ手ぇ届く」

「こんなもんか」

「ハハッ、丸ってしてる」

そしてリゼルは非常に慎重に鉱石トカゲの巣からネックレスを掬《すく》い取り、するすると崖の上へと回収されたのだった。

無事に依頼の品を確保し、ギルドへと戻る最中のこと。

「(それにしても)」

リゼルは掌に載せたネックレスを見下ろした。

依頼人とは直接顔を合わせていない。必要な情報は全て冒険者ギルドの職員から齎された。聞いた時に「もしかしたら」とは思っていたが、間違いなく本物の金で作られたネックレスだ。

手の中で転がせば繊細な音がする。よく見れば金の細工に小さく〝V5〟と数字が刻まれていた。

「おい、こけんなよ」

「あ、すみません」

ふいに後ろから声をかけられ、リゼルはネックレスをポーチへと仕舞った。上から五番目というと何歳くらいなのだろうかと、そんなことを考えながら。

書籍8巻　TOブックスオンラインストア特典SS

将来、白い軍服を纏う者曰く

物心つく前から、乳兄弟《ちきょうだい》としてリゼル様と一緒にいた。

将来的に仕える相手だが、まだ幼いリゼル様は俺、じゃない、私をそういう風には見られないらしい。こういうことを考えてはいけないのだと分かっているが、まるで本当の兄弟のように接してくれている。

ずっと一緒にいる。だから、その変化に気付かない筈がなく。

「リゼル様」

「！」

短い腕がこれ見よがしに抱えている本は、こっそり書庫から持ち出したもの。

素晴らしい知識欲を持つリゼル様は、以前から度々こういうことがあった。読書自体は褒められるべき行いだが、それにも限度があるとお父上である領主様に制限され始めたのはいつの頃か。

確か、睡眠よりも優先し始めてしまった頃だった筈だ。その時、リゼル様はランプごと毛布をかぶって隠れて読書をしていたつもりだったらしいが完全にバレバレだった。

「もう寝る時間ですよ」

「でも、ちょっとだけ」

自室まであと一歩、そんな場所で私は向き合うように膝をついた。

視線を合わせれば、不安そうに揺れる瞳。それを怪訝《けげん》に思いながらも、顔には出さずに少し咎《とが》めるような表情と声を作る。

「いけません」

それに、安堵したように見えたのは気の所為ではないだろう。

素直に渡された本を受け取って、立ち上がりながらリゼル様の部屋の扉を開ける。いまだ子供に分けられる私よりも、ずっと薄くて小さな背に手を当てて室内へと促した。

「おやすみなさい、リゼル様」

部屋には入らず微笑んで礼をとれば、嬉しそうな笑みが返される。

そのままもぞもぞとベッドに潜り込む姿を視界に入れながら、静かに扉を閉めた。寝るまで一緒にいてと、そうぐずられなくなったことが少しだけ寂しいと思ってしまう。

「……」

ドアノブに手を当てたまま、少し考える。そして使用人に宛がわれた部屋、その自室へと向かう前に母の元へと、すれ違った白い軍服姿と目礼《もくれい》を交わしながらも歩き出した。

母は公爵夫人付きの侍女《じじょ》。つまりリゼル様のお母上と最も接している。

リゼル様の様子がおかしくなったのは先日のサロンからだ。領主様の友人が開いた夜会でリゼル様は社交界デビューを果たした。しかし何か失敗をしてしまったという話は聞かない。リゼル様のことだから立派なご挨拶ができただろう。

なら、何があったのか。母に問いかけてみれば、困ったように「やっぱり」と告げられた。

どうやら先日の夜会には、リゼル様と同年代の子供も顔を出していたらしい。一つか二つは相手のほうが年上だったようだが、やはり大人よりは互いが気にかかったのだろう。政治や経済の話しかしない大人達の隣で、特に仲違いもなく親しく話していたようだ。

問題はその後。相手の子供の家は、爵位が然程高くなかったという。

暫く話をして、互いの親に呼ばれて別れた。そして領主様に頭を撫でられながら、また新たに現れた誰かへと紹介されようとしていたリゼル様は、それを見てしまった。

『きちんとお話できた？　良かった、仲良くしなきゃいけませんよ』

先程まで親しげに話していた相手が、母親にそう言い含められていたらしい。

幼いながらも色々と理解し始めているリゼル様だ。純粋な「お友達と仲良くしましょう」とは別の意図を、その言葉から掬い取ってしまったのだろう。

きっと相手の子供にそんな意図はなかっただろうと思う。声をかけるようには言われていたかもしれないが、話し始めてしまえば両者とも楽しそうだったらしいので。その母親の言葉も決して悪意ではない筈だ。貴族社会においては仕方ない、というよりは当然とも呼ぶべき配慮。我が子を守る為にも、何かあってからでは遅い。

けれど、リゼル様は。

「（まだ幼いからと、耳を塞《ふさ》ぐのは、いけないいんだろうか）」

自室のベッドに横たわりながら、閉じていた瞳をゆっくりと開く。

仲良くしなきゃいけない。リゼル様は今、酷く不安になっているのだろう。親しい相手の笑顔の裏側に、隠された悪意があるのではないかと。

だから試すしかない。試さずにはいられない。両親以外の、全てを。

「っ試される筋合いなんて」

思わず零れた声を無理やり呑《の》み込んだ。息を止め、深く吐く。

こんなものは、不安になっている幼子《おさなご》にぶつけるものじゃない。リゼル様だって疑いたくて疑っている訳じゃない。きっと無意識だろうから、受け入れてやらなければ。

「（領主様たちは、気付いてる）」

先の事情も、母がリゼル様のお母上から直接聞いたものだ。

一見、我が子への愛情など見当たらないようなリゼル様のお母上だが、その内実は家族への愛に満ちている。何もしてやれないとなりふり構わず号泣する姿を必死で慰めたのだと母も言っていた。

そう、何もしてやれないと。何もしてやらないと、誰よりリゼル様の御心を救える方々が決めたのだ。ならば私に何かを言う権利なんてないんだろう。

そう自分に言い聞かせて、暗闇の中で思考を断ち切るように目を閉じた。

時間が解決してくれるだろうという予想が外れることはなく。

暫くすれば、リゼル様の悪癖《あくへき》らしきものも徐々に落ち着いていった。きっと自分の好きな相手が、自分と同じ気持ちを持ってくれているのだと確かめられたのだろう。リゼル様の変化に気付いていた人々も随分と安心したようだった。

何事もなかった訳ではない。この領地の守護者である、白の軍服を身に纏う軍人たちの内の一人。以前からどこまでもリゼル様を甘やかしていた顔立ちの美しい彼などは、試される度にぶれることなくリゼル様を全肯定しては、不安そうに揺れる瞳を何度も目の当たりにして絶望していた。周囲がフォローを入れて何とかなったようだが。

きっと全てが解決した訳ではないのだろう。再び同じことがあれば変わらず胸を衝《つ》かれるのかもしれない。けれど、確かに信頼できる相手が周りにいるのだと理解できたのなら、平気になるまでの支えになる筈だ。

そう、安堵していた矢先のことだった。

「リゼル様、そろそろお休みの時間ですよ」

「はい」

部屋から漏れる明かりにリゼル様の部屋を覗けば、机に向かって読書をしている姿。読んでいる内に随分と夢中になっていたのだろう。驚いたように小さく肩を跳ねさせながら振り返ったリゼル様は、素直に本を閉じて足のつかない椅子から下りる。

机の上には綺麗に重ねられた二冊の本。領主様により言い渡された冊数制限を超えてはいないので咎めるようなことはしない。

「夜が涼しくなってきましたね。毛布、増やしましょうか」

「まだ、だいじょうぶです」

寝支度を整え、小さな体をベッドへと促した。

真っ白いシーツに手を置いたリゼル様が何故か動きを止めて、ふと私を見上げる。

「どうしました？」

「あの」

少しおずおずとした様子。それは、目の前の幼子が不安になっていた時によく見たものだった。最近は少なくなっていたそれに、思わず小さく息を呑む。

「きょう、ねるまで、いっしょにいてください」

胃の中に、氷を落とされたような心地がした。

「……いけませんよ。一人で寝られるんですから」

「でも」

「ほら、ベッドに入ってください」

背に触れて軽く押しても、リゼル様は足を進めようとはしなかった。小さな手が私の服をぎゅっと握ってくる。久しくなかった我儘《わがまま》に、何がそんなに不安なのかと浮かべた笑みの奥で歯を噛み締める。

何をそれほど疑うのか。私の何を信じられないのか。まだ何を試すことがあるのか。たとえ、それが失いたくないという好意からなのだとしても。

「リゼル様」

「きょうだけです」

「リゼル様、いけません」

「あしたから、ちゃんとねます。だから」

最後まで疑うのが俺だなんて、知りたくなかった。

「ツリゼル!!」

細い肩が跳ねたのを見て、すぐに我に返る。呆然と口元を押さえた。自分の行動が信じられなかった。怒鳴りつけてしまった。見開かれた幼気《いたいけ》な瞳が揺れている。

何も言えず、透き通った瞳が水を湛《たた》えていくのを見下ろしていた。

「ごめ、なさい」

幼い声が揺れる。ひくり、と細い喉が震えた。

何も悪くないのに、そんな必要なんてないのに、零された謝罪は力なく途切れていった。自分を守ろうとするかのように力の入った体。その胸の前で所在《しょざい》なさげに揺れていた両手が、俺に伸ばされる。

「ふっ、ぅ、う」

「ちが、俺が……っ」

ぼろぼろと涙を流しながら、そうさせた相手に縋《すが》ろうとする姿に後悔ばかりが押し寄せる。膝をつき、俺よりも余程小さな体を抱きしめた。しがみついてくる手は弱々しく、しかし離すまいと力いっぱいで。

拒絶を恐れていた幼子に、それを与えてしまったのだと気付いた。

「俺が、悪くてッ、リゼル様は、そんな……ッ」

声を上げて泣くリゼル様を抱く腕に力を込める。目の奥が燃えるように熱くなり、きつく目を閉じた。食いしばった歯が震え、堪えきれず自分の目からもぼろりと涙が零れ落ちる。

「リゼル様、何かッ………喧嘩か？」

「あらあら、どうしたの？」

リゼル様の泣き声を聞きつけたのだろう、人が集まってくる。

けれどリゼル様は俺から離れようとせずにグスグスと泣いていて、俺もツンとする鼻を啜《すす》りながらも求められるままに抱きしめ返していた為、そちらに気を割く余裕などなく。拒絶しているなどと二度と思われたくないという気持ちが強すぎて、どうにもならなかった。

そうして誰かが何かの声をかけてくれるなか、ふいに傍にいた何人かが離れていく。

「リゼル」

低く落ち着いた声。

俺の肩に顔を埋めてしゃくり上げていたリゼル様が遠のいた。熱を持った体が離れ、体の前面を風が通り抜けていく感覚が耐えがたくて手を伸ばす。乱れきった呼吸を飲み込めば、ぐぅ、と喉が声にもならない微かな音を立てた。

「リ、」

「落ち着きなさい」

優しく額に当てられた手に、口を閉じる。

「君にはリゼルの事で、随分と気を遣わせてしまったね」

「領主、さま」

「有難う」

汗ばんだ俺の額を、目の前で膝をついた領主様の手がなぞる。

その腕は、いまだ肩を震わせているリゼル様を抱えていた。大きな掌の下からぼんやりと、乱れた細い髪から覗く真っ赤な頬を眺める。瞬くたびに零れる涙がその頬をなぞって落ちていくのが、酷く可哀想で。

俺が何とかしてやらなければと、ただそれだけを考えていた。

「ほら、リゼル。少しお父様とお話ししようか」

「っひ、ぅ」

領主様が腕の中でしゃくり上げるリゼル様へ微笑み、立ち上がる。

見上げれば、リゼル様によく似た優しい眼差しがこちらを見下ろしていた。

「この子が落ち着いたら呼ぼう。待っていてくれるかな」

「はい……」

謝罪を込め、深く頭を下げる。

必要ないというように優しく肩を叩き、領主様はリゼル様と共に部屋を出ていった。

その後すぐにやってきた母に連れられ、自室へ。

濡れた布を渡され、それで顔を拭《ふ》きながら何があったのかをひと通り話した。感情任せに怒鳴りつけたことについては注意を受けたが、それ以外は意外にも何も言われない。

怪訝に思って尋《たず》ねれば、リゼル様のお母上の一声があったという。リゼル様のことを想っての事だから、そう言われたのだと語る母は、仕方なさそうにしながらも安堵したように口元を緩めていた。

ということは、あの場にはリゼル様のお母上もいたのだろう。今思えば、やたらと勢いよく行ったり来たりしているヒールの音が聞こえていた気がする。その音が、リゼル様が去った後を素早く追いかけていったのも。

「領主様がお待ちです」

「分かりました」

ノックと共に呼び出しの声。

咎められるだろうか。咎められるだろう。将来的に腹心として仕えることになるとはいえ、今は傍付きの真似事をしている身。分《ぶん》を弁《わきま》えぬ真似をしてしまったのだから。私はどんな処分も受け入れようと覚悟を決めて、領主様の執務室へと向かった。

そして今、両手で顔を覆って立ち尽くしている。

「怖い本をね、読んでしまったようなんだ」

「……はい」

「というより、そうではない本にいきなり怖い描写があったのかな?」

「……はい」

「暗い部屋で一人になるのが恐ろしかったみたいでね。それに怖い夢を見るかもしれないからと、君を引き留めてしまったらしい」

「……あの」

「そうしたら思ったより怒られてしまったから、驚いてしまったようだ」

「…………申し訳、ございません」

つまり、私の勝手な勘違いだ。

試されているなどと、何故そんなことを考えてしまったのか。羞恥《しゅうち》に顔面と耳が異常に熱い。領主様の膝の上にいるリゼル様が、泣きつかれたのか寝てしまっていることだけが救いだった。

「謝らなくて良いよ。むしろ、私が感謝を告げるべきかな」

「え……」

「君をはじめ、皆にはリゼルが随分と迷惑をかけただろう」

迷惑だなんて思ったことはない。けど、そういう意味じゃないんだろう。

何と言えばいいのか分からず首を振れば、領主様はゆったりと笑みを深めた。その手が、すっかりと寝入っているリゼル様の髪を撫でる。

「君は私に、どうして何もしてやらないのかと思ったかな」

「いえ、そんなことは」

跳ねた心臓を隠しきれたかは分からない。

立ち上がった領主様が、腕に抱いたリゼル様を私へと差し出した。起こさないようにそっと抱き上げながらも真意が分からず、困惑と共に領主様を見上げる。

「これからもこの子を宜しく頼むよ。たとえ、どういう形であってもね」

父としてか、それとも貴族としてか。

私にはどちらの意味で言っているのかも、付け加えられた言葉の意味も分からない。けれど自分から離れることは決してないと、それだけは確信していたものだから。抱える腕に力を籠め、すぐに頷いた私に領主様は宜しいとばかりに微笑んでいた。


翌朝、目を覚ましたリゼル様が恥ずかしそうにしていたのはここだけの話だ。

書籍8巻　電子書籍版特典SS

イレヴンの何てことない一日

太陽が真上に近付くアスタルニア。

閉めきって薄暗い部屋へと、強い日差しが窓の隙間から差し込んでいた。一筋の光の中を、ふわりふわりと埃《ほこり》が雪のように舞う部屋で眠る者が一人。

うつぶせで枕に顔を埋め、全く身動きせず、一見死んでいるのではと思わせる寝姿だった。長く艶《つや》のある赤い髪が、結ばれることなく背中とシーツに散らばっている。本来ならばこの状態で、さらに頭まで毛布に包まるのが彼の常だったが、温暖な気候がそれを許さない。

元々は温暖な気候のほうが調子良くはあるのだが、風もなく空気のこもった部屋に暑さを感じないかと言われれば全くの別物だ。タンクトップから露《あらわ》になった両腕にシーツが張りつき、額や首筋には髪の中から汗が滴る。

「……あっつ」

小さく呟いて、イレヴンは薄っすらと瞼を持ち上げた。

枕に埋めていた頭を横に向ける。覗く瞳が目の前のシーツから差し込む光へ、そして再びシーツへとうろついた。そのまま暫くは身動きを取らずにぼうっと過ごす。

何となく隣室の気配を探るも、何も見つけることはできなかった。出かけたのだろうかと、そんなことを考えながら仰向《あおむ》けに転がる。ついでに足を外へと投げ出しつつ腹筋で上体を起こし、ベッドに腰かけた体勢へ。

「(どっか行くんなら誘ってくれても良いのに)」

熱のこもる髪をかき混ぜながら大きく欠伸を一つ。

今日は冒険者ギルドで依頼を受ける予定もなかった。リゼルもジルも、各々が好きなように過ごしているのだろう。内心で不満を漏らしてはみたが、イレヴン自身もそのつもりだった。勿論、リゼルが誘ってくれるのならば他の予定など簡単に捨てられるのだが。

履物《はきもの》に足を突っ込んで立ち上がり、適当な着替えを手に気だるげな足取りで部屋を出る。とにかく汗を流したかった。

「あ、おはようございます昼ですけど」

「ん」

腹の鱗の縁《ふち》を掻きながら階段を下り、この宿の主人とすれ違う。

投げかけられた挨拶に視線も向けず返しながら、脱衣所の扉を開けた。後ろですれ違った男が「風呂は使えない」だの何だの言っているが、元々使う気もないので問題はない。というより、まともに使っているのなどリゼル一人ではないだろうか。湿《しめ》った服を脱ぎ捨てながら考える。わざわざ魔力を注いで湯をためて、などといった手間をかける程にジルもイレヴンも風呂を好んではいない。

脱ぎ捨てた服は籠に入れておけば宿主が洗濯してくれる。服と一緒に銅貨を投げ込む必要はあるが、宿によっては存在しないサービスなので親切なほうではあるのだろう。

そして洗い場へと足を踏み入れる。裸足《はだし》に伝わる生温いタイルの感触に、暑くても良いのはこういうところだなどと考えながら、イレヴンはさて湯を浴びようと壁に埋め込まれた魔石に手をついた。

被ったタオルで濡《ぬ》れた髪をかき混ぜながら脱衣所を出る。

「なんかシャワー温《ぬり》ィ」

「マジですかすんません。石の替え時ですかね」

籠に積み上げたシーツを運ぶ宿主へとすれ違い様《ざま》に洗い場の不調を伝え、自室への階段を上った。

扉を開ければ、開け放たれた窓から流れ込んだ風が水気で重たい髪を揺らす。

シーツを変えるついでに宿主が換気で開けたのだろう。髪を乾かすのに丁度良いと扉を開けっ放しで部屋に入り、真新しいシーツへと腰を下ろした。

「………………」

暫くわしわしと髪を拭《ぬぐ》っていれば、それなりに乾いてくる。

イレヴンは気にしたことがなかったが、リゼル曰く〝乾きやすい髪質〟らしい。多少湿っていようが気にせず縛り、普段よりも少し重たい前髪をかき上げる。すぐに落ちてはくるのだが。

「あー……」

さてと、何となしに天井を見上げた。宿にこもっていてもやることがない。

読書も全く趣味ではない。元々じっとしているのも性に合わず、当然のように外出を決めて立ち上がる。慣れた仕草で身支度を整え、イレヴンは気だるげな足取りで自室を出た。

欠伸を零しながら、アスタルニアの街中をぶらぶらと歩く。

冒険者ギルドに行けば、もしかしたらリゼルがいるかもしれない。今日は一人で過ごす気分ではなく、そんなことを考えながら目的地を定めた。その後ろを追いかける不穏な気配が一つ。

「(最近、大人しくしてんのに)」

心当たりなど全くないそれは、しかしイレヴンにとっては珍しいものでもない。斬りかかってくれば返り討ちにするだけだし、そうでなければ放置するだけだ。わざわざ構ってやる気もないと、然して気にせず歩を進める。

「(そういや、まだ諦めてねぇのかな)」

ふと、敬愛する自らのパーティリーダーの微笑みを思い出す。

気配や殺気が分かるようになりたいと、どうやらイレヴンが出会う前から色々と頑張っているらしい彼の努力は全く実を結んでいない。〝そういうのいらない派〟のイレヴンにとっては喜ぶべき朗報だ。ちなみに当派閥にはジャッジやスタッドがいる。

自然、緩む口元を隠そうと道の端を向いた時だ。

「あら、獣人さん」

ふいに目が合ったのは、見覚えのある屋台とその店主だった。

花弁《かべん》の砂糖漬けが並ぶ屋台の中から、店主がちょいちょいと手招いてくる。元々あてどない散歩だ、気まぐれに応えてみせれば彼女は身を乗り出しながら艶《あで》やかに笑った。

「こんにちは、お散歩？」

「そ」

「前に一緒だった方は、今日はいないのね」

「何で？」

リゼルに何か用かと、小さな皿に幾つか転がる砂糖漬けを口に放り込む。

瓶から出されているなら勝手に食べて良いのだろう。店主も、相変わらず美味くないと眉を寄せるイレヴンを咎めもせず笑っていた。

「ほら、あの方が前に言ってたでしょう？　花弁のシロップ漬け、作ってみたの」

「あ、マジで？」

「食べてみる？」

そう言って店主がつん、と爪の先でつついたのは幾つもの花が沈められた瓶。中を満たすシロップは花弁の色を写し取ったように色づき、そのままでも部屋を飾る装飾になりそうだ。

美味そうには見えないし食欲も湧かないが女は好きそう。そんな身も蓋《ふた》もない感想を零そうとしたイレヴンの口が、あ、と開いて止まる。

「見たことあるかも」

「あら。まぁ、ここにしかないものじゃないものね」

感心したように告げる店主を尻目に、イレヴンは何処で見たのだったかと思考を巡《めぐ》らせる。

然して大切でない、どころかどうでも良い記憶なのでなかなか出てこない。確か、盗賊時代に何処その隊商《たいしょう》を襲って手に入れた戦利品の中にあった気がする。実際に食べた記憶はないので、当時も置物か何かだと思ったのだろう。

「ライバル出現かしら」

「さァ、見たの他所だし。俺のヤンチャ時代」

「ふふ、今は違うの？」

「俺すっげぇ大人しくなってっから」

イレヴンが冒険者であると既に知っているのだろう。

揶揄《からか》うように笑う店主に、イレヴンは屋台に肘をつきながらしみじみと告げる。そして差し出されたシロップ漬けに手を伸ばし、小さなスプーンで花弁を大盛り掬って口へと運んだ。

「あッま」

「香りはどう？」

「噎《む》せそー」

漬かりすぎたかしら、と瓶を覗く店主を一瞥する。リゼルも一瓶使わないだろう。ジャッジがいれば良いように活用するのだろうが、と花弁を噛み潰せば草花独特の苦みが舌に広がる。

何ともいえない風味に唇を歪ませ、皿に残るシロップをそのまま飲み干した。

「お茶、飲む？」

「飲む」

苦笑しながら茶葉を水出ししているガラスポットへと手をかける店主に頷く。

小さなグラスに茶が注がれる音を聞きながら、ぼんやりと人の行き交う通りを眺めていた時だ。遠くに見つけた姿に、イレヴンは頬杖をついていた体をパッと起こした。

「茶、二つにして」

「え？」

「リーダー！」

未だ遠い歩き姿に呼びかければ、のんびりと通り沿いの店を眺めていたリゼルも気付いたのだろう。向けられた穏やかな瞳が進路を変えて近付いてくるのを上機嫌に待っていれば、屋台の店主も納得顔で二つ目のグラスを準備していた。

「これ、買うんですか？」

「買わねぇけど」

以前のイレヴンの微妙な反応を覚えていたのだろう。

歩み寄ってきたリゼルが不思議そうにそう問いかけるのを、イレヴンはあっさりと否定した。そのまま店主によって手渡された紅茶を遠慮なく飲み干す。やや渋い。

「はい、あなたも」

「有難うございます。……ん、花の香りが」

「漬けたシロップを入れてみたの。どう？」

「良い香りですね」

茶が出ることに疑問すら抱かず味わうリゼルを、そういうところだよなと眺める。

店主もあわよくば買わせたいのだろう。リゼルの好奇心を煽るようなセールストークに、上手いものだと思わずにはいられない。しかし購入とまではいかなかったようで、会話は平和的に一段落を迎えていた。

ゆっくりと花の香りの茶を味わっていたリゼルがふとイレヴンを見る。

「そういえば昨日、遅かったんですね」

「おかわり。何で知ってんスか」

「俺も寝たのが深夜だったので」

目元を緩めるリゼルに、成程と頷いた。

イレヴンは、宿に戻った時にリゼルが起きていれば特に理由もなく顔を出している。ちなみにその時のリゼルは大抵読書をしており、夜更かししないようにとイレヴンから声をかけることもあった。

「また裏酒場、とかですか？」

「何でちょい嬉しそうなの」

「ちょっと憧れます。情報屋とかいるんですよね」

「夢見過ぎィー」

「そんな場所があるの？」

感心したように店主が零す。

自国民でさえ知らない、それだけ隠されている場所だ。教えた覚えもないリゼルが知っていたことに一瞬疑問を抱いたが、王都でも色々と見ている分、想像だけなら容易につくのだろう。

「ふふ、まだまだヤンチャじゃない」

「え?」

「彼、随分大人しくなったって言うの」

どういう意味かと首を傾けたリゼルに、店主が告げ口するように口元に手を当てながら言う。それに対し、イレヴンはおかわりの茶を手にカラカラと笑った。

「全然大人しいじゃん。ね、リーダー」

「そうですね。少し落ち着きました」

「でっしょ」

イレヴンはにんまりと笑う。

ジルなどは変わっていない変わっていないというが、我ながらそれなりの分別はつくようになったと思っている。いや、分別をつけるようになったというほうが正しいか。リゼルのものに倣って渋い茶に甘いシロップをたっぷりと入れながら、屋台に凭れかかる。

「それに何つうの、あんじゃん? 悪いのに憧れる時期って」

「分からないでもないです」

リゼルに分かられても複雑だが。それにしても若かったものだと、イレヴンは懐かしむように茶を飲んだ。盗賊業に手を出したのはいつの頃だっただろうか。

十一の頃に冒険者ギルドに登録をしてから、暫くは討伐依頼ばかりを楽しんだ。とはいえ強い魔物を求めていようが一人での迷宮攻略は酷く面倒で、しかし誰かと組む気も起きず、その内に飽きて今度は賭《か》け事に嵌まり始めたのだったか。

一歩間違えれば身を亡ぼすような駆け引きも面白かったが、やはり生の戦闘のスリルには敵わない。時折、手強い魔物の噂を聞いては依頼とは無関係に足を向けていた。

「イレヴンも憧れてああだったんですか？」

「憧れたっつうか」

つまり、悪ぶりたくて盗賊の頭をやっていたのかということ。

「……ノリ？」

ノリ、と目を瞬かせているリゼルに唇の端を吊り上げる。

だんだんと思い出してきた。何年か前のあの日も、依頼でか個人でかは忘れたが、魔物がいると噂の森を訪れていたのだ。そうしたら盗賊団に襲われて、それなりに楽しみながら返り討ちにした。

『俺らの頭、やんねぇですか』

そう告げながら当時の盗賊首領の血を浴びたのは、その配下であったはずの前髪の長い男だったと思う。イレヴンに斬りかかろうとした首領を後ろから斬りつけた男は、裏切り者、と叫ぶ首領の声を酷く楽しげに享受していた。そんなよく分からない相手を、イレヴンは「知るか」と普通に殺しにかかったのだが、相手は死ぬ間際になっても売り込みを止めなかった。

『あの、あー……何つうんだっけ、ああいうの。チチオヤ？　人脈だけはそれなりにあったんで、情報手に入りやすいですよ』

『いらね』

『ノウハウは教えるんで。まぁ、こっちは学もないんであんたのほうがマシかもしれませんけど。襲撃から店の仕切りまで完全網羅』

『それ楽しいわけ？』

『冒険者ですよね、まさかのソロで狩りしにきた。戦うの好きならヒト相手とか面白いと思いますよ、逃げんのも向かってくんのも頭使ってくるんで飽きにくいと思います』

家を出て数年。年頃は確か二十も間近。冒険者や賭け事や、他にも色々と手を出してきたが確かに飽きてきていた。暇を持て余していたともいう。

『ヒト殺すにも理由がいんなら、盗賊はほら、それが仕事なんで』

『じゃあやるわ』

もはや座る気力もなく、自らの血だまりの中で耳障りな呼吸音を響かせながら平然と勧誘する男。そんな気狂い相手に頷いたのは完全にノリだった。若かった。今なら普通に殺している。

ちなみに自らの父親兼首領を殺してまで自分を頭に据えたかったのかと問えば、両目を隠した男は「あ、全く関係ないです。あれはただの趣味なんで」とあっさりと答えた。その時からずっと、後々顔を合わせたメンバー（今残っている八人の中の数人やそれ以外）も合わせて、イレヴンは今でも「こいつら頭おかしいよな」と思っている。

「ノリにしては大きくしましたね」

「なんか勝手にでかくなってたんスよね」

優秀だ、と褒めるような緩んだ瞳にイレヴンもにんまりと笑った。

上向いた機嫌のまま、グラスを店主に返しているリゼルへと覗き込むように顔を近付ける。

「イレヴン？」

「憧れてんなら、それっぽいのさせたげよっか？」

ぱちりと目を瞬いた姿に笑みを深め、そっと唇を開いた。

「俺の左後ろ、路地で凭れてんの。どんな奴？」

潜めた声で囁けば、リゼルは特に緊張感を孕むでもなく少しだけ瞳を輝かせた。

そのまま何かを考えるように他所へと流された視線に不自然な様子はなく、しかし目的の人物はしっかりと視界に捉《とら》えているのだろう。演技が上手いものだとイレヴンも体を起こし、雑談の体《てい》を一切崩さず屋台へと片肘をつく。

「中肉中背で、くすんだ金の髪。鷲鼻《わしばな》が特徴の男性です」

「あー、はいはい」

心当たりがあった。

というか昨晩だ、流石に覚えている。欲しい情報があると店中の客に声をかけていたので、戯れに自分が知っていると告げて賭けの場に引き摺り上げた相手だ。結果は「残念でした」の一言で、その場は潔《いさぎよ》く引いていたが諦めきれなかったのだろう。

金も持っていなさそうだったので真っ当な賭けで許してやったこともあり、今も特に恨みつらみは感じない。むしろ、恨みつらみがあるようならばリゼルに声などかけてはいなかった。巻き込む気など更々《さらさら》ないのだから。

「堪能した？」

「しました」

満足げなリゼルに片頬を歪ませて笑い、それじゃあとイレヴンは歩き出した。

状況について行けず、ぽかんと口を開けていた店主がリゼルと話し始めた声が聞こえる。素人臭く隠された気配はそんな二人を素通りし、想像どおりそのままついてきていた。

でも一応、と口元に指を運ぶ。イレヴンがパーティ入りしてから、続行を命令した訳でもないのにリゼルについている数人の物好き達。気分次第のようで毎日欠かさずという訳でもないようだが、どうやら今日も一人ついているらしい。

戯れるようにピュイッと指を鳴らした。別に決まった指示でもないが、状況的にも十分に意図は伝わるだろう。そのままついて行けと、できないのなら処分するだけだと、それだけの話。

「(はら減った)」

リゼルに被害が及ばなければ後はどうでも良い。

イレヴンは尾行者の存在を思考から放り出し、起きてから何も入れていない空っぽの腹を満たす為に歩き出すのだった。


その日の夜、とある男の遺体が森へと捨てられた。

しかし敬愛するパーティリーダーと、人外と命名したパーティメンバーと共に食卓を囲んでいたイレヴンには関係のない話。宿の食事に舌鼓を打つ彼は、昼間に「やはりどうしても情報が欲しい」と絡んできた男に対してもう二度と意識を割きはしない。

『あ、それ？　ウソウソ、知らねぇんだわマジで。すっげぇ必死だったからさァ、可哀想じゃん。ちょい遊んでやろうと思って適当言ったんだわ、楽しかった？』

そんなイレヴンの親切心に逆上《ぎゃくじょう》して襲いかかってくる相手など、然して珍しいものでもないのだから。

書籍9巻　TOブックスオンラインストア特典SS

アスタルニア冒険者達の夕べ

〝人ならざる者達の書庫〟という新しい迷宮が見つかって数日。

冒険者達は熱気衰《おとろ》えることなく、件《くだん》の迷宮を踏破せんと日々武器を手に勇ましく挑んでいた。目指すは初踏破の栄誉、そうでなくとも新情報による情報提供料を求めて。

しかし閉塞感《へいそくかん》のある迷宮、誰より先にと挑んでいれば疲労も一入《ひとしお》で。疲れきった己を労《ねぎら》う為、そして明日へと続く英気を養うために冒険者らは酒場へと集まる。

「あの狭ッ苦しいのが余計疲れんだよな」

「洞窟と変わんねぇよ」

「本とか並べられてても頭痛くなるだけだろ」

「変なのにうろうろされっと魔物と間違えんだよな」

新迷宮の内装は、冒険者に軒並み評判が悪い。

どこまで進もうと本棚に挟まれた薄暗い通路。迷いやすければ気も滅入《めい》る。更に白い何かが徘徊《はいかい》しているものだから、角を曲がっていきなり現れる度にすわ魔物かと気を張ってしまう。

何より大量の本。そんなものに縁のない冒険者達は、適当な題名を見せて壁を埋め尽くしている本の数々に嫌気がさして仕方がない。読んでもいない癖に食傷気味を自称する者までいる。

「何より魔物が面倒なんだよ」

「あー、分かる分かる」

喧しい酒場に新しく現れた冒険者が、空いている席を求めて他のパーティと相席になる。

エールを呷りながらドスリと椅子へ腰かけた山羊《やぎ》の獣人に、元々席についていた三人の唯人《ただびと》冒険者も同意するように頷いた。互いに新迷宮に苦戦している身だというのは確認するまでもない。アスタルニアの冒険者で例の迷宮に挑んでいないものなどいないのだから。

「言う、飛ぶ、ちっさいはほんと嫌だよな」

「当たんねぇよ、攻撃がよ。犬が生き生きしてたわ」

「何、犬？　前に依頼一緒したわ」

「得意そうだよなぁ」

短剣を手に駆けて飛んでの、元気が取り柄な犬の獣人を彼らは思い出す。

ということは目の前の山羊の獣人もソロか、と唯人パーティは飯をかっ食らいながら内心で零した。新迷宮の攻略では提供料やら何やらの配分で揉めたり、あるいはその手の情報流出、最速踏破の栄誉のあれこれがあり、ソロが様々なパーティを行ったり来たりするのは難しい。

ソロはソロ同士、あるいはどこかのパーティに交ぜてもらうにしても、新迷宮が一段落つくまではメンバーを固定する者がほとんどだ。

「てめぇら何階まで行ってんだ」

「十階は越えてっかなー」

「そういうんじゃねぇよ」

「や、分かってる分かってる」

「でもね、一応よ一応」

嫌そうに顔を顰めた獣人冒険者に、唯人冒険者らはケラケラと笑う。

新迷宮の攻略速度、それを誇る者もいれば隠す者もいる。特に踏破を狙っているパーティは後者であることが多い。他のパーティに出し抜かれないように、だ。そういった裏の攻防を好まない獣人は多かった。

「だがまぁ、なら良いな。空飛ぶ本とか出てくんだろ」

「あれほんっと嫌だわ」

「分厚い紙ってだけで斬れねぇじゃん、普通。それが余計に斬れねぇじゃん」

「魔法使ってくるし」

「それだよ」

総出でブーイングを繰り出す唯人パーティに獣人冒険者も頷いた。

これに関しては冒険者の総意と言ってしまって良いだろう。最上級の迷宮品、高位の切れ味の加護がついている剣でもなければ、斬りかかったとしてページの一枚を斬るのが関の山だ。

「飛んでるだけあって速ぇから逃げらんねぇし」

「時間かかって仕方ねぇんだよな」

「俺ぁ罠に嵌って本棚一つ分のそいつらに襲われた」

「「「マジで？？」」」

ちなみに獣人冒険者はすでにその罠についてはギルドに情報提供済み。

ならば多少は口から零れようが気にしない。それは聞いている側も同様だ。

「魔法使いいりゃ燃やせっから楽そう」

「つってもあの飛び回んの相手に詠唱《えいしょう》中守んの無理くねぇ？」

「火属性ついた剣ありゃなぁ、あの迷宮と相性良さそう」

「たっけぇだろ、属性持ちはよ」

「マジそれ」

「金欲しい」

塩ゆでの豆を摘《つま》みながら、ぐだぐだと話し合う。

冒険者の中では数少ない魔法使い、彼らはほとんど固定でパーティを組んでいる者ばかり。詠唱中は無防備になることを思えば当然だが、何処かに余っていないものかと考えてしまう。

「新迷宮に潜ってねぇ奴がいりゃ交渉すんだが」

「いねぇわ、そんなん」

「あの穏やかさんだって潜ってんだぞ」

「つか一刀、本でも何でも斬れんじゃねぇの？　穏やかさん貸してくんねぇかな」

「無理だろ。おい、エール！」

「ぜってぇ無理だわ。俺も！」

「万一無理じゃなくても気ィ遣うわ。プラス一」

「まぁな。やっぱ二」

口々に忙しなくテーブルの間を歩き回る店員へと声をかければ、「数まとめてー。で、幾つ？」と返される。それに結局テーブル全員分の数を頼めば、飄々《ひょうひょう》とした様子の店員から軽快な了承が寄越された。

「あんな奴いたか？」

「手伝いじゃね」

ギルドにほど近い酒場はどこも、新迷宮が現れてから連日超満員だ。

各々納得したように頷き、少し温くなった残り少ないエールを飲み干す。

「貴族さんっていえばさぁ」

ふいに、隣のテーブルから声がかかった。

唯人冒険者が椅子に肘を置くように振り返れば、椅子を傾け、仰け反るように話す男が一人。プチトマトを指で転がしながら口を挟んできた彼に、四人は特に驚くでもなく視線を向ける。

酔ってしまえばテーブルの区切りなどあってないようなもの。何を気にすることもない。ついでにリゼルの呼称についても、冒険者達は各々好きに呼んでいるので気にしない。伝わればオッケーだ。

「楽しそうだよねぇ」

「分かる」

「すげぇ分かる」

「楽しそう以外言い様がない」

冒険者達は全力で頷いた。

何というか、冒険者が迷宮に感じる楽しさとは別種のものを感じるのだ。いや、本人的には真剣に迷宮に向かっているとは知ってはいるが。

「やっぱ本好きなんだよな、あの人」

「本が好きってだけであんだけ楽しそうになれるか？」

「あー」

「本好きにしか分かんねぇ何かがあんのかも」

「仕掛け？　罠？」

「そんなんあったら俺らマジお手上げなんだけど」

「だよねぇ」

ある意味、冒険者が挑む迷宮としては何かが間違っているのでは。

そう思いはするものの、結局は〝迷宮だから仕方ない〟に落ち着く彼らは訓練されし冒険者だった。何でもありの迷宮をしこたま経験するとこうなる。

「本好き有利っていえばさぁ」

プチトマトを噛み潰しながらそう口にした冒険者が、ちらりと己のパーティを見た。

頷かれ、そして再び視線を獣人冒険者らのテーブルへ。そこに座る四人が「あー……」と酷く納得したような、あるいは厄介そうな様子を態度に出したのを見て、どうやら話が通じるようだとにんまりと笑う。

「あの巨大本マジ何な訳？　どうだったぁ？」

「アレほんっと……マジほんっと何……」

「村人に成りきって村娘オトせとか言われたんだけど……」

「できたのか」

「できねぇわ。ナンパしたら逃げられたわ」

傷を抉《えぐ》られたようにうなだれる一人の唯人冒険者に同情の視線が集まる。

彼と同じパーティの面々など、その光景を見ていただけに非常に居《い》た堪《たま》れない。なにせ声のかけ方などはパーティで話し合って決めたのだ、これで行けると意気込んだだけに逃げられた瞬間はポカンとするしかなかった。

「そういうお前らはどうなんだよ」

「海賊になって配下引き連れて大暴れして一発突破だ」

にやりと笑う獣人冒険者に、同じテーブルからブーイングが飛ぶ。

「ズルすぎんだろ」

「それはズルい」

「はいエールお待ちー」

「お前が飲む酒はない」

「おい返せ！」

届いたグラスを全て唯人パーティで占拠《せんきょ》すれば、獣人冒険者が吠えながらも手を伸ばす。それを座りながらも素晴らしい動きとチームワークで躱《かわ》し、ついにはグラス四つ分飲み干した彼らに獣人冒険者は盛大に顔をしかめた。すかさず怒鳴るように店員へと追加のエールを注文する。

「てめぇらも攻略したんだろうが！」

「したけどさぁ」

「傷ついた心はそのままなのよ」

「ちなみに兵士になって逃げた罪人捕まえろってやつで突破ね」

力に物を言わせる系のお題が出れば勝率が高い。

だが、そのお題を引き当てるまでに冒険者たちは悲喜《ひき》こもごもあるのだ。そもそも読みもしない本の登場人物になりきれというのは無茶ぶりが過ぎる。もはや数撃ちゃ当たる状態。

「あんたは？」

「俺？」

六皿目のプチトマトを頼んだ男の顔が勝ち誇る。

「冒険者になって魔物退治しろって話ぃ」

「ずりぃ！」

「それはマジでずりぃ！」

「やっぱさぁ、日ごろの行いかな」

ケラケラと笑って椅子ごと撤退していく男に、それを自慢したかっただけなのではと獣人冒険者らのテーブルに荒《すさ》んだ空気が満ちる。

「穏やかさんも楽勝なんだろうな……」

「あんだけ本読んでりゃな……」

彼らはリゼルがしっかりと読了《どくりょう》済みの本を引き当て、そして完璧に海賊になりきったにもかかわらず〝やっぱ似合わなかった〟という理不尽な理由でアウト判定を食らった事実を知らない。

「村娘だってさぁ、オトせんじゃん、絶対」

「あんだけタイプ違うの三人いりゃより取り見取りじゃん」

「俺らと同じナンパしたってオトせんだろ」

「荒んでんなぁ……」

獣人冒険者は、改めて己の引きの良さに感謝した。

ちなみに本の世界では、選ばれた一人以外は成りきる必要がないのだが、彼の同行者は犬の獣人をはじめ何故か全員下っ端海賊に交ざって大暴れを楽しんでいた。そのノリの良さが迷宮に気に入られたのか何なのか、本の世界から戻った直後に次の階層に繋がる階段が姿を現したことは黙秘することとする。

「本棚の罠がよ」

「あそこの仕掛けが」

「巨大本マジムリ」

耳を澄まさずとも煩いほどに聞こえてくる周囲の喧騒は、新迷宮の話題ばかり。あそこで行き詰まった、あれが突破できない、あの魔物どうすりゃ良い。大声を出さねば隣に座る者にも声が届かない騒《ざわ》めきが酒場中に満ちている。

全員、踏破へと勢いづいているのだ。この喧騒は暫く止みはしないだろう。

「そういや一刀のパーティは何処まで行ってんだか」

「それな」

「あの人ら情報提供しねぇしな」

大振りの肉を噛みちぎりながら告げる獣人冒険者に、落ち込み状態から復活した唯人冒険者らが同意する。

恐らく最も踏破に近いだろう三人組は、非常に楽しそうではあるが急いでいる様子はない。ならばワンチャンあるのではと思うものの、急がずとも異常な攻略速度を持つ一刀がいるのだ。そんな彼らが連日新迷宮に潜っているのだから、やはり初踏破の最有力候補には変わりがないだろう。

「小金《こがね》はいらねぇって？」

「むしろ提供料の存在知ってんの、あの人ら」

「知らねぇかも」

「や、前に〝人魚姫《セイレーン》の洞《ほら》〟関係で何かあったじゃん。あれそうじゃね？」

テーブルを埋める皿を空にしながら、四人があーだこーだと話していた時だ。

ふいに開けっ放しの酒場の扉から新たな客が現れる。逞しい体を露にした姿は、アスタルニアの漁師か荷の積み下ろしを行う作業員か。彼らは客の溢れる酒場を意外そうに見回しながら、空いたばかりのテーブルへと案内されていた。

「今日混んでんな」

「何でだ」

「冒険者ばっかだし何かあったんだろ」

そんなことを話しながら狭いテーブルの隙間を縫うように歩を進める彼らに、すれ違う冒険者らは「そんなもんだよな」と頷く。冒険者にとっては一大イベントである新迷宮の発見も、冒険者以外にとっては話題の隅にも上がらない些細な出来事だ。

「あれだろ、新迷宮っつうの？」

しかし、ふいに彼らの内の一人が零した言葉に「おっ」と冒険者らは耳を澄ました。

自身らの活躍が少しでも出回っているのなら満更でもない。それとも顔見知りの冒険者でもいるのだろうかと誰もが思っていた時だ。

「冒険者殿が言ってただろ」

「あー、あれか」

「左右対称の本棚が扉になってて隠し通路見つけただの、何だった？　飛んでる本みてぇな魔物を隙間に突っ込んでみたら罠止まったとか言ってたやつか？」

「本の世界に入れるとかマジであんのかね」

「あんだけ楽しそうに話してんだから嘘ではねぇだろ」

「そこは疑ってねぇよ」

「情報提供？　すんのは勿体ねぇっつってたけど、どういう意味だろうな」

大きな口を開けて笑いながら空きテーブルにつく彼らに、聞こえていた冒険者らは何とも言えない顔をして黙り込んだ。それは獣人冒険者らも同じく。

新たに訪れた客人が誰について話しているのか一発で理解した。どんなコミュニティを築いているのかと信じ難くはあったが、あんなことを楽しく話せる冒険者など一人しかいない。

「話したくて仕方なかったんだろうな……」

「これでもかっつうほど楽しんでんじゃねぇか……」

「いやなら情報提供しろよ……」

「勿体ねぇんだろ……」

「何がだよ……」

その後も非冒険者から酒のツマミの噂話として齎される非常に有益な攻略情報に、周囲の冒険者は複雑な思いを胸に抱きながらも耳を澄ます。そんな彼らが迷宮踏破の知らせと共に、リゼル曰く〝勿体ない〟の理由を知るのはこの翌日のこと。

書籍9巻　電子書籍版特典SS

一番弟子は自分だとドヤ顔したいリゼル

昼下がりのアスタルニア。

とある喫茶店で本を広げていたリゼルは、一息ついてコーヒーを味わいながらも、何となしに先日の一件を思い出していた。テラスに誂《あつら》えられた席では庇《ひさし》が日差しを遮ってくれるとはいえ、汗ばむ陽気に冷たいコーヒーが大変美味しい。

冒険者最強と噂されるジルに、時折弟子入りを願う者がいるという。

彼の実力を思えば納得だろう。だが見るからに人に何かを教えるのを得意とするタイプではないだろうに。閉じた本の表紙を見下ろし、はふりと冷えた吐息を零して人の行き交う通りを眺める。

「(一番弟子は、俺で間違いないはず)」

それを知った時、そうしてむくれてみせればジルから否定は返ってこなかった。

ならば予想どおり、今までに弟子入りの申し出を受けたことなどないのだろう。特に不思議ではない。きっと、そういったものに煩わしさを感じるタイプだろうから。

「(でも、弟子って)」

浮かんだ疑問に内心で首を傾げる。

リゼルがジルから教わったのは、冒険者にとって必要最低限のこと。それこそ冒険者ギルドへの登録方法や依頼の受け方であったり、なかなか実践《じっせん》はさせてもらえないが魔物の素材の獲り方であったり、野営での薪の組み方であったり。

先日会った犬の獣人は間違いなくそれをすでに修めているだろうし、今思えば望むのはただ剣の腕だけなのだろう。他の弟子入り志願者も同じく。それなのに一番弟子であるリゼルがそれを教わったことも、教わろうとしたこともないのは贅沢なのだろうか。

「(得物が違うしなぁ)」

勿体ないことをしているのかも、とは思うが今でも習おうとは思わない。

なにせ冒険者駆け出しの頃、必要なものを揃えようとジャッジの店を訪れた際に「短剣の一つでも持っとけ」と渡されたそれを握れば、何が駄目だったのか溜息をつかれた覚えがある。

リゼルとて元の世界では正装として帯剣《たいけん》する機会もあった。それが様になる程度の立ち居振る舞いや扱いも身に着けている。とはいえ裏を返せば、それしかできないということなのだが。

「(それにジルは、こう、感覚派だし)」

通りがかりの子供達に手を振られ、リゼルも振り返す。

宿の近所を遊びまわっている子供達だ。先日など、偶然とはいえ投げた泥を宿主の干した洗濯物に直撃させて、元気に追い掛け回されていたところも目撃している。

「王子さまー」

「本物の王子様に怒られちゃいますよ」

「王子さまのが王子さまみたいじゃん」

何故かそう呼ばれている。訂正しても彼らはそう呼び続ける。

男児ばかり六人、今日は子供集団で海にでも繰り出したのだろう。この陽気なら放っておいても乾くだろうと、放置されている湿った髪やズボンがそれを証明していた。

「本物はさっきまで俺たちと遊んでたし」

「全員で囲んで水かけまくったらキレたから逃げてきた」

「捕まったら海に投げられんだ」

さて、何番目の王族なのやら。

随分と元気なことだとリゼルは微笑み、テーブルを囲んでくる子供達を見回した。王都で慕《した》ってくれていた子達よりは幾分か年長である彼らは、いかにも悪ガキといった風体で「おごっておごって」と騒ぎ立ててくる。

「君達を追ってきた王族の方に、俺まで一緒に投げられたらどうするんですか」

「守ってやるって」

「そうそう」

「いけません」

「何だぁ」

言いながらも然して残念そうではないので、ノリでたかっただけなのだろう。

リゼルも最初こそアスタルニアの子供らしい勢いに「そういうものなのだろうか」と首を傾げていたが、宿主に「取り敢えず言ってるだけなんで流して良いですよ。ていうか図々《ずうずう》しいなあいつら怖いもんなしか」というアドバイスを受けてからはほどほどの付き合い方を会得《えとく》している。

「じゃあな、王子さま」

「じゃーなー」

駆けるように去っていく彼らを見送り、ふむとリゼルは一つ頷く。意外と彼らのような子供のほうがジルの指導を受け入れやすいかもしれないと思ったからだ。

例えば迷宮で罠の見つけ方を聞いた時のジルの返答はといえば。

『あ？　そことそこ』

『いえ、教えてもらってからなら分かるんです。何もヒントがない状態からの見つけ方を』

『何となく分かんだろうが』

『どうしてですか？』

『あー……勘』

これだ。

教える気がないのではない。きっとジルはジルなりに教えてくれている。けれど物事を理論立てて考えるリゼルでは申し訳ないことに理解できない部分も多々あった。

更にはイレヴンも罠を仕掛ける側の思考によってそれを見付けるものだから、リゼルは何も参考にできないまま未だに罠の発見が微妙に苦手である。勿論、自分なりの方法で少しずつ上達はしているのだが、それも今まで出会った罠をデータとして蓄積《ちくせき》しているだけなので初見の罠には対応しづらい。

「（ジルも勿論、そうなんだろうけど）」

膨大な数の迷宮を攻略しているからこその研《と》ぎ澄《す》まされた感覚、それを勘と呼ぶのだろう。とはいえジル自身が生来持ち得た才覚も確かにあるだろうが。本人に言えば嫌がりそうだ。

コーヒーのグラスを唇へ運び、傾ければカラリと氷の崩れる音。涼やかなそれに吐息が当たり、冷えて唇を撫でるのに息を止める。目を伏せながら口に含んだコーヒーは苦くて甘い。

「それ美味しーい？」

ふとかけられた声に、ぱちりと目を瞬かせる。

一瞬だけ閉ざされた視界、それを開けた時には既に、先程まではは確かにいなかった相手が隣に立っていた。切り揃えられた前髪、笑みを絶やさない顔、珍しいものだとリゼルは自身を見下ろしている男へと微笑みかけた。

「美味しいですよ。飲みますか？」

「ははっ、飲むぅ。今日もキレーな笑顔が良いねぇ、貴族さん」

笑みを絶やせば殺されそうだからと、その答えは内心に留めた。

非常に機嫌よく向かいの席へと腰を下ろした男が過去に何をしてきた相手で、何をしでかしかねないのかをリゼルは知らない。だが笑顔への異常な執着と、瞳の中をぐるぐると渦巻《うずま》く淀んだ何かには気付いている。

とはいえ笑顔さえ合格を貰えたなら無害なので、精鋭の中では話しやすいほうだ。

「それで、何かありました？」

店員に新しいアイスコーヒーを頼んで問いかける。

「それそれぇ、ごめんねってしにきた」

「何かしちゃいました？」

「貴族さんが欲しがってた本燃やしちゃいましたぁ！」

ゲラゲラと笑う男に、リゼルは苦笑を零した。

リゼルが彼らに本について頼んだことはない。ならば先日、本屋巡りに付き合ってくれたイレヴンがリゼルの探し物に気付いて気を遣ってくれたのだろう。それで精鋭を動かした。イレヴンにしてみればわざわざ本を探した事実をリゼルに知らせる気などなかった筈だ。それでも目の前の男がリスクを背負ってまでイレヴンではなくリゼルにそれを告げるのは、殺されかねないから何とかしてという意味だった。

「もう一冊、何とかなりそうですか？」

「なりそうなら何とかしてまぁーす！」

「ですよね。君が本を燃やしたのを知っているのは？」

「あの良い子ぶった猫かぶりでぇーす！」

成程、とリゼルは一つ頷いた。

「諦めてイレヴンに叱られてください」

「やだぜったい死ぬムリムリ貴族さんお願いお願ぁーーい！」

猫かぶりというのは恐らく、前髪で瞳を隠した一見無害そうな青年の事だろう。

彼は間違いなく我が身可愛さに目の前の男を見捨てる。彼の食指《しょくし》が動くような相手ならば庇《かば》いもするだろうが、瞳を隠した彼は周りの精鋭達に対して欠片も情を抱いていない。

男は椅子を撥ね飛ばしながら立ち上がり、滑り込みながらリゼルの腰に縋りついてくる。

「ギャハハハハッ、いっそウケる！　ウケるくらい俺死にそぉーっ」

「あの、一回離れ」

「助けてよぉーー！　お願ぁーーーいお願いお願いお願いお願ぁーーーーーい！」

「もう少し静かに……」

爆笑しながら泣きつくという器用な真似をする男にしがみつかれ、リゼルは座ったまま動けなくなった。テラスの外を歩いていく人々も、見てはいけないものを見てしまったとばかりに視線を露《ろ》骨《こつ》に逸らしながら速足で通りすぎていく。何だったら店内から店長も見ているし、その手にある新しいアイスコーヒーをどうしたら良いか分からなくなっている。

折角居心地の良い店なのに、変な噂を立てられてはどうしようとリゼルは眉を下げた。

「逃げたら駄目なんですか？」

「それもアリだけどさぁーっ、俺一人だとすぐ、何だっけ、ザイニンシテー？　受けんじゃん⁉　まぁもう受けてっけど⁉　なんでか憲兵とかに邪魔されんじゃん⁉　イミフメーすぎてウケんじゃん⁉」

哄笑《こうしょう》する彼に、まぁそうだろうとコーヒーを一口飲む。

彼が笑顔を求める時、そこに悪意など砂粒ほどもない。善意ですらあるのだろう。それが望まれないことを理解できないし、する気もないのだから致命的《ちめいてき》だ。

リゼルはひとまず立ち尽くす店長を手招いて新しいアイスコーヒーを受け取った。

「うるさくしてすみません」

「いえ、それは良いんですが……その、大丈夫ですか？」

「何とかしてみます」

苦笑するリゼルに、気づかわしげな顔をしながら店長が店内へと戻っていく。

さて、とリゼルは笑い続ける男を見下ろした。イレヴンから庇うことに否やと言うつもりはないのだが、見返りぐらいは貰っておいても良いだろう。

「一つだけ、聞きたいことがあるんです」

「なぁにーーっ」

「俺、ジルの一番弟子の名に相応しい男になれてますか？」

「は？」

縋りついたリゼルの椅子をガタガタ揺らしていた男が顔を上げる。

綺麗に切り揃えられた前髪が盛大に乱れているその下、笑顔が至上の男の笑顔が固まっていた。

もしやそれ程に相応しくないのだろうかとリゼルは少しばかり落ち込むも、ひとまず静かにはなったので結果オーライだろう。

「いちばんでし？」

「ほら、冒険者として色々と教わってますし。野営とか特に」

「生水《なまみず》はなるべく避けましょーとか？」

「そうなんですか？」

初耳だ、とリゼルは目を瞬かせる。水は魔法で出していたので知る由もなかった。

すると意地でもしがみついていた男の腕が外された。彼はすくりと立ち上がり、そして自分の分のアイスコーヒーを一気に飲み干して、リゼルではなく何処か遠くを見ながら叫んだ。

「一刀のそーゆーとこどうかと思うけどまぁいっかぁーー!!」

そのまま狂ったように笑いながら去っていく男をリゼルは穏やかに見送った。

ノリと勢いで逃げられた感は凄いが、同時に彼も本来の目的を放棄しているのは良いのだろうかと思わずにはいられない。店内の店長へと「お騒がせしました」と手を上げれば、「お疲れ様でした」の苦笑を返してもらえたのに目元を緩める。

そして、そろそろ読書を再開しようかと本に手をかけた時だ。

「ちょっとごめんね、ここ座って良いかなって！」

ふいに通りから駆けてきたのは、いかにも慌てた様子の小説家。

そわそわと向かい側の椅子へ手をかけた彼女に、リゼルはどうぞと微笑んで掌で椅子を勧める。

少しばかり肩に力の入った姿に、何かあったのだろうかと開きかけた本を閉じて端に寄せた。

「大丈夫ですか？」

「えっ、うん、えっと、そこですれ違った人が……」

「何かされました？」

「ううん、一人で爆笑しながら走ってたのが怖すぎて」

知人だ。

全力で不審者《ふしんしゃ》扱いされているが、実際は不審者どころではないのでフォローできない。

「ちょっと、ここで落ち着いてて良い？」

「はい、どうぞ」

「あ、気にしなくて良いかなって、全然、本とか読んでてて！」

「いえ、俺も貴女に聞いてみたいことがあって」

新しい客かと歩み寄ってきた店長に、リゼルが何かを言う前に小説家は自分で飲み物を注文していた。幼い少女が背伸びしているのを見ているかのように、非常に微笑ましげな店長は確実に何かを勘違いしている。

「それで、聞きたいことって？」

「外から見るとどうなのかな、と。俺ってジルの一番弟子じゃないですか」

「へぇー、何の？」

「勿論冒険者です」

「…………あっ、そっか。……ん？」

何やら納得しかねている小説家に、どうしたのかと思いつつも問いかける。

「ジルの一番弟子っぽく見えますか？」

「で、ぼ、……うーーーん」

とても悩ませてしまった。

リゼルとて一流の冒険者であるジルと肩を並べられているなどと、己惚《うぬぼ》れたことを言うつもりはない。しかし、それでも教わったことは可能な限り実践しているし、できなくともできるように日々切磋琢磨《せっさたくま》しているつもりだ。何故かジル達にはやらなくて良いと言われることが多いが。

リゼルだって飛んできた矢を握って止めたり、釣り天井を華麗に受け止めたりしたい。

「やっぱり見えないでしょうか」

「う、でもほらっ、君達ってタイプが全然違うから分かりにくいっていうか」

必死にフォローしてくれる小説家に、有難いことだとリゼルも微笑む。

「それに冒険者してる時じゃないと、そういうの分かりにくいかなって！」

「あ、成程」

「普段どういうこと教えてもらってるかにも……修行？　とかある？」

冒険者ものが書きたい、と最近よく口にしている彼女だ。

運ばれてきたコーヒーを握り締めながら興味深そうな視線を向けられ、リゼルは修行、と内心で呟いた。剣の稽古《けいこ》だとか、そういったものはないが。

「ことあるごとに『伏せろ』って頭を押されてたら、最近自力で伏せられるようになりました」

「思ったより雑!!」

「そんなことないですよ。俺でもできるような動きを刷り込んでくれたんだと思います」

「違っ、そういう方針的なものじゃなくて、扱いっていうか……っ」

そのままリゼルは暫《しば》しの雑談を楽しんだ。

時折小説家が何やら物言いたげにしていたが、何も言われなかったので大したことではないのだろう。冒険者小説を書く際の参考にしてもらえれば良いと、惜しみなく向けられた質問に答えていく。

「あ、じゃあ最後に。一番教えてもらって良かったって思ったのは？」

「一番は……んー、どんなものでも何だかんだ斬れるっていうことでしょうか。どんな相手でも斬れることを前提に、どう斬ってもらうのが早いかなって効率よく動けるようになりました」

「今初めて物凄く一番弟子っぽいって思ったかなって」

その小説家の言葉にリゼルは目を瞬かせ、そして嬉しそうに破顔《はがん》した。


その日の夜、宿にて。

「ジル、今日は君の一番弟子の座を勝ち取ってきましたよ」

「あ？」

すれ違い様に満足げに告げていったリゼルを、また訳の分からないことしてんなと見送るジルの姿があった。ちなみに、そんな少しばかり機嫌の良いリゼルのさりげないフォローによって某精鋭の命は守られたという。

書籍10巻　TOブックスオンラインストア特典SS

風邪引きリゼルは甘やかされる

早朝。

アスタルニア王宮の書庫、そこに隣接するアリムの私室。ごっつい風邪を引いたリゼルが、ふんだんに布の使われた豪奢《ごうしゃ》なベッドを占領してから三日目の朝だった。

リゼルはぱちりと一度瞬き、目を覚ます。

半地下の書庫に合わせて作られた部屋の天井は、横たわっていると更に遠い。同じように高い位置にある窓の隙間から細く光が見えた。意匠の施された天井を何となく眺めてみるも、眠気がある訳でもない。何せ昨日も一昨日《おととい》も体調が悪すぎて本すら読めず、他にやれることもなかったので睡眠は充分にとれていた。

「(なんだか、よくなったかも)」

ここ何日か続いていた頭痛が収まっていた。

喉の痛みも小さくなっていて咳き込むようなこともない。関節痛も随分と楽だ。健康体の素晴らしさに少し浮かれた気分のまま起き上がり、隣にある艶のある赤髪へと手を伸ばす。

枕に顔を押しつけるように寝ているイレヴンの髪を梳《す》けば、リゼルが起き上がった時には薄っすらと目を覚ましていただろう彼がもそりと顔を上げた。伸ばされた手が、起き上がった拍子に捲れた毛布を腹まで引き上げてくれる。

「……どしたの、つらい？」

「いえ、どこも」

「んー」

イレヴンは満足げに目を細め、再び寝始めてしまった。

その髪を暫くゆっくりと撫でてやりながら笑みを零す。ジルもイレヴンもここ数日は宿に戻っていないようで、寝る時はリゼルと一緒にアリムの私室で眠っていた。同じベッドで寝たがるイレヴンには「うつるから駄目」と伝えているのだが、寝る時はふてくされたようにソファに行く姿を見るのに、朝起きると必ずこうして隣にいるのだ。一体いつ潜り込んだのかと感心してしまう。

「（ジルは……迷宮かな）」

ジルの姿はない。昨晩、寝る時にはいたので早々に起きて迷宮にでも行っているのだろう。

話し合った訳でもないだろうにどちらか一人はリゼルにつくようにしているのか、二人揃って姿を見ないということがない。不自由させているだろうかと思うと同時に、それはないなと否定する。不自由だと感じれば相手が誰だろうがすぐに離れていく二人だ、こうして傍にいてくれるというなら好きなようにしてくれている証拠なのだろう。

「……」

よしよし、と丸みを帯びた後頭部を髪を掻き分けるように撫でる。

熱のあるリゼルの隣で寝るのは暑いだろうに。汗ばんだ地肌に気付いて、額を冷やす用にサイドテーブルに置かれている布を手に取った。ぬるくなっている水に浸して、軽く絞って、魔力を編んでじわじわと冷やしていく。半解凍、もとい半冷凍して氷がシャリシャリと鳴る布を大きめに畳み、イレヴンの後頭部へと載せてやった。

「いいって……」

「冷たかったですか？」

「きもちいけど」

枕の下に潜っていた腕が持ち上がり、こちらを見ないままリゼルの腕をよける。

ゆっくりとした仕草は優しい。

「じぶんにつかって」

ようやく枕の隙間から覗いた瞳は眠そうに顰められていた。

前髪でほとんど隠れてしまっているそれは、ともすれば鬱陶しげにも見えるが確かに気遣いの色がある。リゼルは心擽られるように目元を緩め、促されるままに冷たい布へと頬を寄せた。

それを見て、イレヴンは満足げに再び枕に顔を埋めて眠り始める。寝息すらほどんど聞こえない彼の寝姿をしばらく見つめ、リゼルは布に触れて冷えた掌をそっと赤髪へと滑らせた。

朝。

しんどくて起き上がることができなかった頃は気にならなかったが、寝転がりっぱなしというのは腰が痛くなる。ベッドの上にふんだんに積まれたクッションへと凭れ掛かりながら、リゼルは少しばかりの不満を露に体を拭かれていた。こほ、と一度だけ咳を零す。

「もうほとんど治ったのに」

「そうやって治りかけに調子に乗ると悪化するんだ」

そろそろシャワーが浴びたい。

そんなリゼルの願いはナハスによって却下《きゃっか》され、結果今の状態になっている。ベッドの隣に置かれた椅子で、ジルが呆れたようにその光景を眺めていた。

少しぐらい良いのではと思うが、悪化すると断言されてしまえば我が儘も言えない。この辺りの判断は正直ご家庭ごとに変わってくるものだが、そんなことなど知る由もないリゼルはナハスを全面的に信用している。

「ほら、背中も拭くぞ」

肩に添えられた手に促すように上体を引かれ、リゼルはクッションに預けていた背を持ち上げた。背中を拭く力加減も絶妙で、彼に世話を焼かれる魔鳥は日々快適に過ごせているのだろうと納得してしまうほどだ。

「後でもう一度医者に診てもらうか。殿下に頼んでおこう」

「有難うございます。読書は良いですか？」

「もう読んでんだろ」

「ジル」

何故言うのかとリゼルは恨めしげにジルを見た。鼻で笑われた。

ずっとベッドの上にいるのに眠れないのだから暇で仕方ない。イレヴンと入れ替わるようにやってきたジルに書庫で何冊か見繕《みつくろ》って持ってきてもらったので共犯だろうに。

「まぁ、読書くらいならな」

ジルにしてもその程度なら良いと思ったからこそリゼルの頼みに応えたのだから、別にいけないことをしている訳ではない。ナハスが頷くのも予想どおりではあるのだが、ナハスが部屋にやってきた時に「隠せ隠せ」状態になったのはノリとしか言いようがなかった。

毛布の中に隠していた本を一冊二冊と取り出すリゼルに、一瞬だけ物言いたげな顔をしたナハスだったが、彼は諦めたように布を畳みなおしながら口を開く。

「無理だけはするなよ。頭痛がぶり返すぞ」

「正直、少しの頭痛は続いてます」

「どこが治ってるんだ……」

「ほとんど、って言いました」

看病するにも情報は正確なほうが良いだろう、とリゼルは体調を正直に伝えた。

看病させておいて勝手に悪化させるのは本意ではない。だが読書はしたい。ぎりぎりまで妥協を引き出したい。だから屁理屈はこねる。何故なら今のナハスは交換条件によってリゼルの看病を放棄できないのだ、思うままに我が儘が言えるというものだろう。

とはいえナハスは交換条件がなくともリゼルの看病に手を抜く気などないだろうが。彼は「全く……」という態度を隠そうとはせず、新しい布を手に取りながらジルへと目配《めくば》せする。

「無理をしないようしっかり見ておいてくれ」

「分かってる」

ジルを相手に不調を隠すと怒られそうだ。

リゼルはナハスの掌が首に添えられるのに微かに頭を傾け、されるがままに額を拭かれながらそんなことを思案した。辛いのはリゼル自身も嫌だし早く治したいのも確かだが、良いところでも容赦なく本を取り上げられそうなので、自分でキリをつける必要があるかもしれない。

「食欲はあるか？」

「はい」

「なら昼は少ししっかりしたものを用意させよう」

それにしても、体調が回復したと告げようと変わらず色々と世話をしてくれるのは何故なのか。

リゼルとしては楽なので指摘せずに任せっぱなしにしているが。

魔鳥を助けた恩に報いようとしてくれているのか、魔鳥の世話で慣れているのか。何となく後者な気がするなと思いながら、被せられた真新しい服から顔を出す。

「そういえば魔鳥、どうですか？」

「ん？」

「変な影響が残ったりとか」

「ああ、大丈夫だ」

ナハスが嬉しそうに破顔する。

「繊細な魔鳥はまだ少し落ち着かないが、大体はいつもどおりに戻ってるぞ」

「ナハスさんのパートナーもですか？」

「うちの奴は結構図太いからな！　今朝も元気に飛びまわっていたし、それに」

そうして生き生きとパートナー語りを始めたナハスにリゼルも微笑んで相槌《あいづち》を打つ。

高度な魔法を二つ相手取ったこともあり、何かあったらと思っていたが何事もなかったようで何よりだ。不安があれば解決を申し出ていないがそれはそれ、不測の事態には備えておきたい。

いつの間にか適当な本に目を通し始めていたジルが話を聞くことを放棄しているなか、リゼルは時間の許す限り語り続けるナハスが慌てたように部屋を出ていくまで、楽しく魔鳥語りに耳を傾けていた。


昼。

「先生、少し、良くなった？」

「はい」

昼食に肉や野菜がしっかりと煮込まれたシチューを食べ、ホカホカとしながら本を読むリゼルの元にアリムがやってきた。王族にうつしてはリゼルの体裁が悪いだろうとあまり部屋にやってこない彼だが、時折こうして顔を出してくれる。

ソファに寝転がり、長い脚をひじ掛けへと投げ出しながら本を読んでいるジルが彼を一瞥した。

そして何も言わず本へと視線を戻す。

「顔つきも戻った、ね」

「顔つきですか？」

「昨日まで、目がとろとろしてたから」

とろとろとは、と目を瞬かせたリゼルに、ベッドの隣に立ったアリムが手を伸ばす。

長身をかがめ、布を割った片手が目指したのはリゼルの額だった。節くれ立った長い指が前髪をくぐり、そして大きな掌に額を覆われる。予想外に慣れている仕草に、やはり彼は兄弟が多い身なのだと納得せずにはいられなかった。自身から世話をするようにも見えないので意外ではあるが。

「まだちょっと、熱っぽいね」

額に当てた掌が、指先で頬をなぞりながら首筋へ。

熱を測るように首元を覆った掌がくすぐったくて肩を竦めれば、布の向こうでアリムも笑ったようだった。聞きなれた抑揚のない笑い声にリゼルも口元を緩める。

「部屋、借りてしまってすみません」

「良い、よ。他の部屋だと、心配だから」

「心配？」

この部屋もやや強引に勧められた、というより他の部屋を用意するという段階でアリムが渋ったのは確かだ。本人が良いならと有り難くベッドを借りているが、何やら理由があったらしい。

見上げれば、かがめていた背を伸ばしたアリムの手がゆっくりと離れていく。

「うちは、煩いのがたくさんいるから、ね」

リゼルは苦笑した。きっと他の王族のことなのだろう。

確かに以前、リゼルが書庫を利用している際に一度だけ彼の兄弟が姿を現したことがある。姿を現したといっても、アリムが扉まで出向いて対応していた為にリゼル自身がその姿を見ることはなかったが、なかなか元気の良い兄弟がいるんだなと思ったものだ。

「不自由は、ない？」

「はい。ナハスさんが気を遣ってくれるので」

「王宮医は、夕方には来るから」

「有難うございます」

アリムもやることがあるだろうに気を回してくれる。

惜しみなく感謝を示すように視線を合わせたまま微笑めば、ゆっくりと頷いたように布が揺れた。そのまま立ち去ろうとしたのだろう。振り返りかけたような動きは、その途中でぴたりと止まる。

その視線は読破して積みっぱなしの本の山へ。少しばかり後ろめたくなり、リゼルは手元の本をそっと閉じた。

「冊数制限、いる？」

「そうしとけ」

ぽつりと零された艶のある囁きに、こちらを一瞥すらしないジルから同意の声が上がる。

無理はしていない、時々休憩を挟んでいる。そう釈明したリゼルの言葉はその都度ジルへと確認がとられ、何とかアリムによる冊数制限は免れた。

就寝前。

夜になって気温が下がってくると、だいぶ治ったと思っていた咳がぶり返す。喉が痛いからなるべくしたくないのに、湧き起こるそれは耐えきれるものでもない。結果、余計に喉を傷めて悪化する。

咳の零れる口元に手を当てながら、起きていたほうが楽だと起き上がった。こうなるだろうとは王宮医の診断でも言われたので、治りかけというのはこういうものだと我慢するしかないのだろうが。

「迷宮品で、咳止めとか」

「ねぇよ」

枕元の椅子に座ったジルが、ナハスが用意していってくれた茶を注いで差し出してくれる。

不思議な風味の茶に生姜とハチミツを混ぜたもの。温かなそれを噎せないように少しずつ飲んで、リゼルはほっと息を吐いた。途端に痙攣《けいれん》しそうになる肺を、そうはさせるかと抑えこむ。

「本ばっか読んでるからだろ」

「それは関係ないです」

「集中しすぎて頭痛く?」

「……なりましたけど」

夜闇を照らすランプの灯りがチラチラと揺れる鋭い瞳が、意地が悪そうに細められた。

揶揄うような声に反論できず、観念したようにカップに口をつければ少しばかり楽しんでいるように笑われる。病人相手に遊ぶとは、何とタチの悪い男なのか。

「もう寝ます」

「ああ」

ふて寝してしまえ、とサイドテーブルにカップを置こうとすれば取り上げられた。もぞもぞと毛布に潜る。横たわったまま見上げたジルは膝の上に頬杖をつきながら此方を見下ろしていて、その眠気のない瞳にまだ起きているようだとリゼルは毛布の中から片腕を出した。

「そこの上から三冊目、ジルが好きだと思います」

「分かった」

「あと」

「良いから寝ろ」

続けてお勧めの本を伝えようとすれば毛布を頭まで被せられる。

黙らせるにしてももう少しやり方があるのではないかと思わずにはいられない。意趣返しにと被せられた毛布をそのままに目を閉じれば、意外なほどすんなりと意識が沈んでいく。

すっかりとリゼルが寝入った頃、ジルは頭まで被せていた毛布をめくってやった。

微かに寄せられた眉が似合わないと眉間を親指で二度三度なぞる。そして元の穏やかな相貌を取り戻した顔に満足し、勧められた本を手に取るのだった。

書籍10巻　電子書籍版特典SS

ジルベルトの歴史　リターンズ

ジルがそのバーを訪れるのは他所で欲しい酒が見つからなかった時だ。

生まれ故郷から「良い酒が欲しい」というだけの理由で遠路《えんろ》はるばるアスタルニアへとやってきた男がマスターをやっているだけあって、今のところジルが求めた酒が置いていなかったことはない。

人付き合いに興味はないジルだが、興味がなさすぎて嫌悪もしていないので、馴染みの酒屋の店主にオススメの酒を紹介されれば耳を傾ける。ようは「あの酒とかお前絶対好きだぞ、ないけど」というやつだ。金に困ったことはないが人脈はどうにもならず、酒屋の店主が仕入れられないようなものをどうしろというのかと顔を顰めること何度か。ひとまず名前だけは覚えていたそれをバーに入るなり口にすれば、煙草《たばこ》を指に挟んだマスターである男はカラカラと笑った。

「やってる？　くらい言えよ」

「店開けてんならやってんだろ」

「そりゃそうだ」

ジルは誰もいない狭苦しい店内を歩き、腰かけた。膝がカウンターに当たる。

この店を訪れるのはいつも、恐らく閉店に近い時間。恐らくというのは、世の理《ことわり》の例に漏れず、この店も決まった時間に閉まる訳ではないからだ。通りから人の行き来が消えかけた頃に向かい始めれば良い頃合いにたどり着ける。

酒を一杯飲むだけならば長居もしない。文句を言われたことはなかった。

「ねぇのか」

「あるよ」

男は煙草を陶器の灰皿に押し付け、背後の棚を向いてしゃがみ込んだ。

あるのか、とジルは奇妙な形をした灰皿を一瞥する。恐らく人喰い宝箱がモチーフなのだろう、もしかしたら迷宮品なのかもしれない。どこから手に入れるのかと呆れると同時に、奇妙な迷宮品にも探せば需要があるものなのかと感心してしまう。自らも煙草を咥え、火をつけた。

「そういや見たぞ、パーティ」

「あ？」

ラベルも擦り切れているような、煤《すす》けた瓶を手に男が立ち上がる。

「歩いてただろ、この前」

ジルは煙を吐き出しながら微かに眉を寄せる。

三人で出歩くなど珍しくも何ともない。いつ目撃されたかは分からないが、別に隠し通そうと思っていた訳でもない。何処かで見られていてもおかしくはないだろう。

「あれ、本当に王族貴族じゃないのか」

「さぁな」

「さぁってことはないだろ」

笑う男は冗談だと思ったのだろう。

目の前の男は冒険者ギルドが貴族の類を受け入れないと知っているし、そもそも貴族が冒険者になりたがるなど有り得ないという常識が大前提にある。それでも割かし本気で貴族疑惑を抱かれるリゼルがおかしいのだ。

とはいえ貴族じゃないのかと言われると完全には否定できない。元の世界ではまごうことなき貴族である。本人にそれを言うと「今は冒険者です」と拗ねられるが。

「まぁ、お前が楽しそうで何よりだよ」

「そりゃどうも」

「ほら」

差し出されたのは目当ての酒が注がれたロックグラス。手に取り、香りを堪能することなく一口含んだ。多少癖はあるが好みの系統だ、勧めてきた酒屋の店主の目は確かなのだろう。

「東のほうの酒なんだけどな。樽《たる》にトレント素材使ってるとか」

「他所の酒屋じゃ入ってこねぇって聞いたぞ」

「そりゃお前、人脈ってのは生かす為にあんだよ」

一度、二度と己の腕を叩いてみせた男は得意げに唇を歪め、カウンターに置きっぱなしの箱から新しい煙草を取り出した。他の客の前で吸っているのかなど知らないが、この昔馴染みはジルの前でそれを躊躇う素振りなど見せたことがない。

手慣れた仕草で火をつける姿を眺めていたが、ふいに鼻を撫でた香りに顔を顰める。

「趣味悪ぃ」

「客からの貰いもんだ。勿体ないだろ」

「匂いつけんなよ」

「分かったよ、これで終わる」

吸えれば何でも良いと言い放つ男だ。

ジルの前では吸わないというだけで、残りの煙草は一人で嗜むのだろう。いまだ数本残っている箱は下げられたが、吸うのを止める気はないのか代わりに新しい箱がカウンターの上に置かれる。

「お前のパーティは吸う奴いんの?」

「いねぇ」

「へぇ、赤毛の獣人とか吸ってそうなのにな」

「匂いつくのが嫌なんだと」

「ああ、だからか」

だから匂いをつけるなと言うのかと、そう納得した男をジルは否定しなかった。

だが別にイレヴンは関係がない。彼は自分が吸わないというだけで、ジルの煙草に関しては全く気にしていないからだ。そうでなくとも互いに他人に何かを制限されるのを酷く嫌う質《たち》である。口を出すべきではない領分も、自身が基準ではあるもののそれなりに理解していた。

「意外と冒険者で吸う奴って少ないよな」

「知らねぇよ」

「何で知らないんだよ。うちに来る奴にはほとんどいないぞ」

ちなみに理由は純粋に金がないからだ。装備に消耗品に食費、嗜好品はとにかく安酒。煙草に手を出すのはそれなりに金の余裕が出てきた上位の冒険者くらいだろう。

「お前は村長も吸ってたしな」

「まだ村長か」

「良いだろ、別に」

目元を緩めた男が半ばまで吸いきった煙草を消して、自らのグラスを用意し始めた。

男が村長と称するのは二人の故郷にいる翁のことだ。つまりはジルの祖父。遠いからという理由で顔を出してはいないが、まだまだ健在らしい祖父のことを思い出してみれば確かにパイプとセットの姿が浮かんでくる。愛用のチャーチワーデンは火皿が小さめで、本人はよく「軽くて良い」と言いながらパイプを揺らして目尻の皺を深めていた。

「ジルベルト程じゃないけど、今思えば村長も結構アレだったよな」

「何だよ」

「迫力系ってやつ」

そうだっただろうか、とジルは煙草の香りが残る喉に酒を潜らせる。

ジルの覚えている祖父は割と周りに振り回されるほうだった。時々突拍子のないことを思いつく母であったり、不本意だがいらぬ誤解をされがちなジルであったりと、普段はシャンと伸びた背中を心なしか丸めて溜息と共に煙を吐き出す姿をよく目撃していた気がする。

とはいえジルが外見的に誰に似ているかと聞かれれば、誰もが村長である祖父だと答えるのだろうが。つまり母方の血筋がよく現れた姿、母と似ているいると思ったことはないので血筋に沿った男の顔だ。

「そういやガラ悪ぃって言われんな」

「今更かよ」

ジルを相手に真正面からそれを口にできる者が少ないのだから仕方ない。

そして昔馴染みにとってはそれが当たり前だったので敢えて気にしたことはなかった。ジルと子供時代を過ごした者は各々、外との付き合いが増えるごとに「あいつヤバかったな……」と気付いたのだがジルは当然そんなことなど知らない。

「まぁ、村長はお前に比べりゃ普通の優しい爺《じい》さんだったよ。俺も村の外の奴らと付き合うようになってから気付いたしな。ハハッ、お前の噂やばかったぞ」

「あ？」

「伝説の戦士の血を引いてるだの、五歳で竜を倒しただの」

にやにやと笑いながら指折り噂を上げていく男に、よく覚えているものだとジルは溜息をついてグラスを空けた。空になったそれを前に出せば、気付いた男が指に挟んでいた煙草を灰皿に置く。

「次は？」

「同じ」

酒屋にも入らない酒ならば、次にいつ飲めるかは分からない。飲める内に飲んでおこうと告げれば、男は了承したようにグラスを回収していく。

「どうだ、そろそろ竜殺しくらい実現したか？」

「ああ」

「は」

新しいグラスに瓶を傾けていた男が一瞬真顔になった。

非冒険者が言う竜は迷宮産のものではなく、生まれながらの絶対強者であるものだ。とりとめのない雑談として、軽口として、敢えて不可能を口にしてみた男はまさか肯定されるとは思わなかったのだろう。溜飲《りゅういん》が下がった、とジルは意趣返しのように笑みを吐き捨ててみせる。

それに対し、普通ならば冗談だと笑っただろう。軽口に軽口で返されたと流すだけだろう。だが男は深々と溜息をつき、手元を見もせず適量を注いだタイミングで瓶の口を持ち上げた。

「笑い飛ばしたいとこだけど、お前相手だとな」

グラスを差し出される。自分が剣を握ったところなど見たこともない癖に何を納得しているのかと、ジルはそう思わずにはいられなかった。

「今度村に帰ったら言いふらしまくってやるよ」

「止めろ」

「確実に全員信じるぞ」

「何でだよ」

村で過ごした幼少期には、剣に全く縁のない無力な子供だっただろうに。

一体どこに根拠があるのか。雰囲気とかいうあやふやなものに信頼を寄せるなと言いたい。とはいえ本当のことなので信じられて困る訳ではないのだが。

「優秀なパーティなんだな。まぁ、見るからにそうだったけど」

「竜ん時はソロ」

「そっちこそ何でだよ」

灰皿の上でじりじりと灰を落としていく煙草を咥えなおし、男が胡乱な目を向けてくる。

それを流し、ジルも新しい煙草を取り出した。咥えようとして、そういえばと指に挟んだままのそれを唇の手前で止める。客であるジルの前でも煙草を手放せない男ならば知っているだろうと、口を開いた。

「煙草、良い店あるか」

「ん？　ああ、そうだな」

ふっと煙を吐いた男が、立ちっぱなしで伸びた背筋をそのままに天井を仰ぐ。

その視線が一瞬、ジルの手元にある薄い木箱を捉えた。蓋にオオカミの焼き印、それなりに嗜む者ならば誰であっても知っているハイソサエティご用達のそれ。だが中身は違い、箱を使い回しているだけだ。とはいえ真新しい印象からは、アスタルニアを訪れてから手に入らなくなったのだろうと想像させるに十分で。

「羽振りが宜しいことで」

「うるせぇ」

「あるとしたらあそこだな、港通り。港から入れて良い店並んでるとこ、知ってるか？」

「ああ」

あそこか、とジルは背を椅子に預けながら咥えた煙草を揺らした。

魔物避けを買う為に、いや毒魚を食す為にリゼルと一度訪れた通りだろう。確かに値の張る嗜好品が手に入りやすい場所に違いない。煙草というのは専門店というものがないので、ありそうな店をひたすら覗いていくしかないのだ。

「それか、すぐそこの角だ」

「あ？」

悪戯っぽく付け加えられたそれに、ジルは訝しむように片眉を持ち上げる。

煙草を支える指先に隠れかけている男の唇、それが含みを持たせるように弧を描いた。

「狭くて汚い、物置みたいな店があるだろ」

「あー……あれ店か」

「ハハッ、看板も何も出しちゃいないけどな」

腕を下ろし、灰皿に灰を落としながら笑う男にジルは眉を寄せる。

空いた手でグラスを傾けながら思い出せば、確かに民家というには小さすぎる住居が一つ、両隣の家に挟まれるように曲がり角の微かなスペースに詰め込まれていた。

古ぼけた印象だが手入れをされていない訳ではない、そんな奇妙な外観だったように思う。

「そこじゃ気難しい爺さんが一人、一日中煙草に囲まれてるよ」

「こっちが本命かよ」

「言いふらしたら俺が爺さんに怒鳴られるんだ。教えてやっただけ有難いと思ってくれよ」

わざとらしく肩を竦めた男を見るに、随分と偏屈《へんくつ》な翁が店を営んでいるようだ。だがその店主は自ら葉をブレンドし、手巻きも嗜めばパイプも銜《くわ》える。前者は巻紙だけでも数多の種類を揃え、後者は異国のものまで揃えて磨いているという。

当然、あらゆる煙草を味わってきただろう。実物がなくとも箱を見せただけで似たような香りと味を作り上げるかもしれない。ジルはオオカミの焼き印を一瞥し、煙草を持った手で髪をかき混ぜながら溜息をついた。

「すんなり売ってくれりゃ良いがな」

「手土産にはウイスキーが良いぞ」

「いんのかよ……」

とある双子を思い出して口にした言葉は、面白がるような笑い声と共に肯定されてしまう。

王都の裏商店にひっそりと佇む、二人の美しい獣人が営む店。流石にあそこ程ぼったくられはしないだろうが、何故こうも癖の強い店主に縁があるのか。リゼルのことなど言えやしないと、そう内心で零しながら肺を満たした煙を深く吐き出した。

「会計」

「ああ、ありがとさん」

煙草を灰皿に押し付け、グラスの中身を飲み干して立ち上がる。

告げられた数枚の銀貨をカウンターに乗せ、隣の椅子に立てかけていた剣を身に着けた。そして昔馴染みに見送られながら店を出ようとして、ふと奇妙な灰皿が目に止まる。

そういえば、とポーチへと手を突っ込んだ。目当ての物を取り出す。

「どうした？」

「やる」

「は？」

押しつけるように手渡したのは灰皿。

しかしただの灰皿ではない。リゼルが迷宮の宝箱から出した〝魔物カズラ型灰皿〟だ。魔物カズラとは迷宮内で稀《まれ》に見かける巨大なウツボカズラに似た魔物のことで、陶器で形作られた毒々しい色のそれが、セットになっているスタンドに吊り下げられて揺れている。

手に入れてすぐに「俺は煙草を吸わないので」と宣言したリゼルに譲られたのだが、普通にいらなかった。恐らく善意だったのだろうが心底いらない。ちなみにその時、イレヴンは必死に笑いを耐えていた。

「うちのリーダーが宝箱から出した灰皿」

「なら迷宮品か」

「落ちた灰は勝手に消えるらしい」

「は、凄ぇ。ハイセンスで高性能とか最高すぎるだろ」

これをハイセンスと称する昔馴染みのセンスは死んでいる。

ジルは特に嘆《なげ》くでもなくそんなことを考え、感謝の言葉を背に受けながら店を出た。まさか喜ばれるとは思っていなかったが、良い店を紹介してもらった礼ぐらいにはなっただろう。

以降、店を訪れる度にその灰皿が視界の隅に揺れるようになることをジルは完全に失念していた。

コミックス収録特典短編集

コミックス1巻書き下ろし短編

ギルド職員Aの視点

どうも。王都《パルテダ》の冒険者ギルドにて働いておりますギルド職員です。

大体スタッドの隣に座ってます。何でかは俺にも分かりません。ただ冒険者にイチャモンつけられた時なんかは、すぐ隣にこいつがいると即効で片がつくので有難いっちゃ有難い。

そんな俺。どうぞ、職員Aとお呼びください。

「スタッドー」

「何か」

この、呼びかけても視線も寄越さない同僚がスタッドです。

いつも淡々とした無表情かつ無感情。数年来の付き合いですが、こいつの表情が動いたところなんて一度も見たことがありません。無感情すぎてガラス玉みたいな目で見られると凄く怖い。誰が名付けたかピッタリすぎる、通称〝絶対零度〟です。

調子に乗った冒険者はバッキバキに凍らされるので、王都の冒険者は他国と比べて多少大人しいと我々ギルド職員に専《もっぱ》ら評判です。本当に多少ですけど。冒険者自由すぎる。

「リゼル氏がさぁ」

「あの方がどうしました」

そんなスタッドが唯一反応を示すのが巷《ちまた》で〝貴族様〟と呼ばれているリゼル氏です。あの人どう見ても貴族なのに何で貴族じゃないんですかね。基本的に貴族やら何やらの権力者の加入は遠慮してる冒険者ギルド、その職員としては色々居た堪れないんですけど。

「昨日、スタッド買い出しだったじゃん。そん時に来てた」

変わらない無表情がじっとこっちを見るのが怖い。

ですが、リゼル氏の受付はさりげないながらも露骨にやりたがるからショックなんだと思います。受付時に物凄く視線を送るので、リゼル氏もスタッドの受付に並んでくれる優しさ。

「まぁ普通に依頼受けてったただけだけど」

「そうですか」

話し終えれば、もう用はないとばかりにスタッドの視線が書類に戻りました。

正直、これだけ誰かに懐《なつ》くスタッドなんて想像したこともありません。というか想像できない。

酔っぱらって肩を組もうとしたら、その手に平気でペンを突き立てようとする男なので、こいつ。

リゼル氏もよくこいつの頭を撫でられたもんですよ。まぁジル氏に牽制《けんせい》されれば、よっぽど不愉快じゃなければスタッドも手を出しかねるんでしょうけど。それも最初だけで、今は見るからに進んで撫でられに行ってます。

「はー……ねっむ」

欠伸交じりにスタッドの隣に座ります。

俺は大抵、依頼受付用の窓口に座りっぱなしです。スタッドは本当は新規ギルド加入者の対応が担当なんですが、新人冒険者は時々しか来ないので大抵こっちを手伝ってます。新人担当なのも、空いた時間にどこでも担当できるぐらい優秀だからなので。

まぁプラス、冒険者デビューで粋がった新人を初っ端から叩き折る役割もあるんですが。ギルド職員を見下そうとする奴はここで容赦なくブチ折られますね。いい気味です。

「お、来た来た」

迷宮に行くにしても何にしても、明るい内に依頼を終わらせたい冒険者の朝は早いです。太陽がその姿を現した頃、ギルドは徐々に賑やかになっていきます。

「頼む」

「はいどうもー」

壁から剝《は》がされた依頼用紙、それを手渡されて俺の一日が始まりました。

昼飯を食いにギルドの外をブラついていると、見知った顔を発見しました。

「(お、ジャッジ氏だ)」

ふわっとした茶色の髪と、めちゃくちゃ目立つ長身。ギルドに持ち込まれた素材が大量すぎて鑑定が追いつかない時に頼る、鑑定自慢の道具屋さん。本人が自慢したことはないですけど。あの人、鑑定めっちゃ早いわ正確だわで凄く有難い存在です。

ジャッジ氏がちっさい頃、今の冒険者ギルド長と懇意《こんい》にしていた彼の爺さんにギルドへと連れて来られたのが始まりだとか。スタッドともその頃からの付き合いだそうで、あのスタッドと普通に話せる数少ない存在です。見てると特別仲が良いって感じはしませんが。普通に話すので親しめの知人くらい。

「（何してんだろ）」

しかし本当に背が高い。うらやましい。賑わう大通りの中で頭一つ余裕で抜け出した、少し気弱な顔がきょろきょろと周りを見回しています。

「おーい、ギルドの……ジャッジ氏ー」

「あ、ギルドの……」

「なんか探してる？」

困ってるなら何か手伝おうかと声をかければ、少し猫背気味なジャッジ氏がぺこりと頭を下げてくれました。礼儀正しい。普段は礼儀なんざクソ食らえな冒険者ばっか相手にしてるので余計にそう思います。

「探してるっていうか、その……僕が勝手に、なんですけど」

「うん？」

「……リゼルさんが、この辺りで服を選んでるっていう噂を聞いて」

リゼル氏、何を思ってここらで服買おうとしてんの⁇　リゼル氏とジル氏でしょ⁇　裁縫《さいほう》技術どうせ持ってないでしょ⁇　じゃあ出来合い買うんでしょ⁇　布屋が売れ残った布で作ってる安い服をリゼル氏が⁇　王城を囲む高級店が並んだ中心街、そこの上流階級ご用達の高級服飾店じゃなくて⁇

「俺も探すわ」

「お願いします……っ」

リゼル氏には似合わないんですって、そういうの。ジル氏もちゃんと言い聞かせてくれませんかね。リゼル氏にはっきり言える人間少ないんだから。

まぁ探すといっても色々な意味で目立つ人ですからね。通りがかりの人を捕まえて、目撃情報を集めればどんどんと有力情報は入ってくるというもので。心なしか白い顔色で物凄く居た堪れなそうに「あそこで服を……」と教えてくれた人に「必ず阻止するから」と力強く約束し、ジャッジ氏を捕まえて猛ダッシュしました。


布屋で何故か店員を従えながら服を選ぶリゼル氏発見。

「リゼル氏いた！」

「リ、リゼルさん……っ」

ジャッジ氏の呼びかけにリゼル氏が此方を向いて、ほのほのと微笑ましそうに手を振ってくれました。けどそれどころじゃない。ジャッジ氏それどころじゃない。リゼル氏が眺めている極々普通の布の服を見て半泣きです。何だったら俺だって泣きそう。

「こんにちは、ジャッジ君。職員さんも一緒なんですね」

「どうも」

いつもながら高貴な微笑み有難うございます。

「リゼルさん、ちょっと……」

ジャッジ氏がちらちらと店員を気にしながら、リゼル氏を店の外へと連れ出しました。流石に店員の前で、ここで買うのは止めろとは言い辛いんでしょうね。当の店員は心から安堵したような爽やかな笑顔で送り出してくれましたが。気持ちは分かる。

「ジャッジ君？」

「リゼルさん、服、買うんですか？」

「はい、上に一枚羽織るのが欲しくて」

リゼル氏やジル氏の冒険者装備、あれ絶対最上級なので多少の寒暖差は関係ないくらいの性能なんでしょうが、確かに私服じゃそうはいきません。今もラフな格好をしていて、ギルドで装備姿ばかり見ている俺にとってはちょっと新鮮です。ますます冒険者に見えない。

「なら、僕がおすすめの店に案内するので……っ」

「良いんですか？」

嬉しそうなリゼル氏に、ジャッジ氏は安堵したように肩の力を抜いていました。

そしてジャッジ氏おすすめの店とやらに向かう二人を見送り、俺も何かをやり遂げた清々しさを胸にギルドへと踵《きびす》を返します。何せジャッジ氏が向かったのは間違いなく中心街、絶対無理。ついて行こうとか思えない。煌《きら》びやかな空間で浮く自信しかない。

いつものジャッジ氏を見てると、彼もああいう所で平気でいられるようなイメージはないけど。それでもリゼル氏の隣で満足げにしている姿が明瞭《めいりょう》にイメージできるあたり、彼も変なところでマイペースですよね。そういうところがスタッドと気が合う要因なんじゃないかと思います。

帰り際、見かけた屋台で適当に腹を満たしてギルドへと帰還《きかん》しました。

「戻りましたーっと」

昼時のギルドはぶっちゃけ暇です。冒険者はほとんど出払ってるし。早めに終わる依頼を受けた冒険者達の終了手続きのほかは、依頼人くらいしかやって来ません。

とはいえ、万が一にも朝夕のラッシュが続くことがあれば休憩もとれないので大変有難い。受付横の隙間から裏側に回って、棚の上に置いておいたギルド標章《ひょうしょう》が刻まれたバッジを襟につけます。

これ休憩入る時は外す決まりだけど、どうせ制服着てんだしあんま意味ないんじゃ。いつも思ってることですが。

「おいスタッド、次」

「結構です」

あいつ全然休憩とらない。大抵、仕事しながら適当なパンを口に突っ込んで終わります。全然美味しそうじゃない。仕事熱心って訳でもなく、疲れてないのに休憩をとる意味が分からないらしいです。

最近は時々リゼル氏が連れ出してくれるんですけど。それに素直について行くスタッドの姿に、当ギルドに何十年と勤めてる古株たちは驚きながらも喜んでいるご様子。俺から見るとスタッドが常に無表情すぎてシュールなだけですが。

「おーい、依頼人さんのお出ましだぞぉー」

バッジがいつもの位置に刺さらず、二重顎になりながらひたすらもぞもぞしていると受付のほうから声がかかりました。見れば顔見知りの男が受付の机に身を乗り出して、勝手に依頼の申込書をとって記入してます。ちなみにご近所さんで常連さん。

「ムリ、バッジつけてねぇから休憩中ー」

「今つけてんだろうが」

「つけ終わるまでは休憩だろ」

ペンを滑らせ、さっさとしろと急かす男にスタッドのほうを見れば、書類片手にどっかへ行くところでした。多分ギルド長のところ。他の職員たちものんびり休憩に向かってたり、後ろのほうで我関せずと色々していたりするので奴も俺に声をかけたんでしょう。別に良いけど。

「はいよ、お待たせ」

「ん、いつもの」

「へいへい」

椅子に腰掛け、渡された申込書を眺めれば予想どおりの【畑を荒らす魔物駆除《くじょ》】の文字。こいつ城壁の外に畑持ってる農家なんです。王都は常に温暖、季節ごとの気温の高低差も小さいと農耕に持ってこい。まぁ大抵の作物は近くの村とかが主な生産地なので、王都に住む農家は少ないんですけど。

「種喰《たねく》いワーム？」

「そ、なんか多いんだわ」

「つってもでかいのはいねぇだろ」

「そりゃ育つ前に潰しててんもん」

農家の敵、撒いた種をどんどん食ってしまう数センチの魔物〝種喰いワーム〟。畑でもやってなきゃ無害な魔物ですが、育った奴はでかすぎて気持ち悪いです。メートル単位ででかくなるので。

「こういうの人気ねぇんだよなぁ」

「何度も聞いてるっつの。どうにかしろよ、冒険者ギルド」

「金積め、金」

「やっぱ？」

そして男は依頼用紙が貼りつけられているボードの前へ。そんな彼に呼びかけます。

「今回もFランクな」

「んー」

難易度ゼロ、人手が欲しいだけの依頼なのでランクは一番下。依頼人側も依頼料が少なくなる低ランクのほうが嬉しいんですけど、その分依頼達成で冒険者側に入る報酬も低額になるので選ぶ冒険者が少ないという、なかなかに難しいところ。

よって依頼人は、他に並んでいる依頼を眺めて報酬を幾らにすれば引き受けてもらいやすいのかを考えなければいけません。ちょっとした駆け引きです。

「そういやさぁ」

「何」

「最近すっげぇの冒険者入りしたって聞いたんだけど」

リゼル氏のことですね。分かります。

「貴族でも冒険者になれんだ？」

「なれねぇけど⁉」

訳分からんという顔で見られました。その顔は俺がしたい。

まぁ冒険者でもなければこんなものです。自分と関係ない組織の規定なんて知る由もありません。俺だって郵便ギルドとか商業ギルドとかのことはよく分からんし。そもそも冒険者になりたがる貴族っていうのが全く想像できないので、この規定も俺がギルド入りしてから今まで一度も日の目を見てないものなんですが。

実際に活用された例なんてあるんですかね。リゼル氏は……ギリギリだった。

「俺は見たことないんだけどさ。おばちゃん達とか貴族様って呼んですげぇ噂してんじゃん」

「見るからに貴族だし」

「でも冒険者なら貴族じゃないんだろ？」

「そうなんだよなぁーっ」

ほんと何でリゼル氏って貴族じゃないの？

もし本当は貴族だったとか言われても、ギルド職員として「嘘つきおったな！」という怒りより先に「ですよねぇ！」っていう安堵が確実に湧き起こることでしょう。あまりにも貴族。けど、当ギルドが総力を挙げて情報を集めてもリゼル氏が貴族だっていう証拠は欠片も出てこない不思議。

逆に情報がなさすぎるんですが、それは別に構いません。冒険者になろうとする奴らの中では大して珍しくもないので。あれ、リゼル氏ある意味冒険者らしい？

「そんな馬鹿な」

「は？」

「や、何でも」

思わず口から洩れた本音に、怪訝そうな顔をする男を適当に流せば、彼は結局いつもどおりの報酬額を記入して帰っていきました。引き受けてもらえるかは五分五分でしょうが、どうせ冒険者がおらずとも地道に処理すれば何とかなる案件です。滅茶苦茶面倒みたいですけど。


それから少し時間が過ぎ、けれど冒険者の依頼終了ラッシュにはまだ届かない頃。

「（お、ジル氏）」

ギルドに現れた全身黒の冒険者に、眠気で半分飛びかけた意識を引き戻しました。あの人、雰囲気ちょっと怖いんですよね。別に無差別に暴れる訳でもないし、そういう意味ではそこらの冒険者よりよっぽど安全な人なんですけど、雰囲気が絶対強者すぎて委縮《いしゅく》するといいますか。

噂どおり、孤高が似合う人だよなぁとは常々思っていました。だからリゼル氏と組んだ時には信じない冒険者が多かったし、俺もまぁ……いや、リゼル氏を知ってると不思議と納得できたんですけど。あの二人、並んでると違和感しかないし気が合いそうにも見えないのに、暫く眺めてれば
「あー……」としっくり来る感があります。

「おい、終わった」

ジル氏が声をかけたのは、俺の隣で受付に座っていたスタッドでした。有難い。

「お疲れ様です」

心なんて欠片も籠もらない定型文、そんな淡々としたスタッドの返答をジル氏が気にした様子はありません。というかジル氏、リゼル氏と組んでも普通に一人で依頼受けるんですよね。パーティ組んでるのにソロで、っていまいち理解できないんですけど。

それにリゼル氏も時々一人でギルドに来ます。ジル氏が嫌がりそうな、それこそ種喰いワームの駆除だったり料理の試食だったりと、変わり種の依頼を楽しそうに引き受けていきます。雑用頼んでリゼル氏が来るとか依頼人びっくりですよ。こんな感じで、両者とも当然のようにソロで動くっていう。余りにも当たり前のようにするから突っ込めない。周りの冒険者もよく「何で？」みたいな目してますが、誰一人として突っ込めません。

「終わりました」

「ああ」

この二人、リゼル氏いないと全然話さない。

いえ、時ッどき話してますけど。指名依頼がどうとか断って良いとかどうとか。まごうことなき業務連絡。特に他意がなければ話しかけられても無視はしないっぽいなと、個人的にそう思ってる二人なんですが、互いに自分から必要以上に話さない所為でこうなるんでしょう。

そして日も落ちかけると、依頼から引き上げた冒険者達でギルドが賑わいます。

討伐系の依頼で一日斬った張ったしていた冒険者らは高揚感を引き摺り、かなりの賑やかさ。特に報酬の分配に関してだったり、依頼失敗で気が立っていたりする奴らのお陰で乱闘が始まることもままあって。

まぁこっちに被害が来なければ放置ですが。怖いけど。いざという時はスタッドいるし。そう考えるや否やギルドに置いてある椅子が凄い音を立てて破損し、直後隣の席から酷い冷気と共にペーパーナイフが飛んでいきました。聞こえた悲鳴は聞こえないフリ。

「絶対零度も、貴族さんに懐いて丸くなるかと思いきや全然なんねぇなぁ」

「そっすねー」

俺も今まさに依頼の終了手続きを進めながら、それを待っている冒険者の言葉に深く頷きます。あ、リゼル氏は冒険者達に〝貴族さん〟って呼ばれることが多いです。王都の冒険者ならそれで伝わる。

そう、それでスタッドですよ。あいつ全然変わらない。俺が酔っ払って肩を組もうとすれば相変わらずペンで突き刺しにくるし、何かやらかせば絶対零度の瞳が射抜いてきます。何かが変わって懐くようになったというよりは、リゼル氏っていう特別枠ができたって感じでしょうか。

「はい、終了でーす」

「おう、ご苦労さん」

熟練感あふれる相手の背中を見送り、そして次の相手へ。椅子を壊した冒険者達から修理代を強《ゆ》請《す》りとっているスタッドを横目に、ギルド職員も楽じゃないと内心零す俺なのでした。

コミックス2巻書き下ろし短編

商業国に住まう彼女の視点

人の往来が絶えることのない広い通り沿いには、様々な店が軒を連ねている。

歩きながら覗けるように商品が広げられている店、大きな窓から自慢の品を眺められる店。それらの些細な隙間を埋めるように屋台や露店がひしめき、壁や路地にはポスターが所狭しと存在を主張する。人波に逆らわずに歩きながら空を見上げれば、そこかしこにロープが張り巡らされ、色鮮やかな宣伝用フラッグが風にそよぐのが見える。

「安いし新鮮だよーっ」

「そこのお兄さん、彼女へのプレゼントにどうだ」

「馬をお探しならクレイトンの厩舎《きゅうしゃ》！　クレイトンの厩舎へどうぞ！」

客引きの声が歩く度に遠ざかり、また新しく近付く。

人々の騒めきと重なり合うそれは、喧騒と呼んでしまうには心が浮足立《うきあしだ》つようで。しかしここに住まう者にとっては日常の、ありふれた声だった。

「かふぁ」

それは、この大きな口で欠伸を零す彼女にとっても同じこと。

主人のお気に入り、青白磁《せいはくじ》色の毛並みをそよがせ、屋台の隣に伏せながらのんびりと賑やかな通りを眺める。ふわさ、ふわさ、尻尾の先を持ち上げては落とし、二つの耳を時折左右に動かしながらもちらりと上目で自らの主人を窺った。

すると、遠くで鐘の鳴る音。ピンと耳を立てながら頭を起こす。

「わふ」

「はいはい。ちょっと待ってね、シャリー」

小さく鳴けば、屋台の中で果物を売る主人はすぐに気付いてくれた。

「はい、銅貨五枚ね！」

「それより聞いた？　何日か前に、門に貴族が現れて」

しかし、すぐに顔見知りの主婦と世間話を始めてしまう。

やれやれ、と彼女は体を起こした。頭の先から尻尾の先まで、ぶるぶると体を震わせる。伏せるように前脚を伸ばして、仰け反るように後ろ脚を伸ばして、急かすように鼻先で主人の足をつついた。

「あ、ごめんごめん」

主人は話を中断させ、慌てたように木の籠に幾つかの果物を詰めこむ。

「じゃあ、これね」

「わふ」

果物の配達が彼女の仕事だ。差し出された籠の持ち手を咥え、一度二度と大きく尻尾を振ってみせる。毎日この時間、いつも同じ場所への配達だった。

「シーナの所だからね、シ・イ・ナ」

念押しされずともきちんと知っている彼女は、了承を示すようにくるりと回ってみせる。

「はい、いってらっしゃい！」

「いつも良い子ねぇ。うちの子に見習わせたいくらい」

「下の子、もう五つだっけ？」

「そうそう、この前もね」

送り出してくれた主人の世間話を背に、慣れたものだと商業国の通りを歩き出した。

屋台の裏を進んでいれば、時折気付いた店主が声をかけてくれる。名前を呼んでくれたり、手を伸ばしてくれたり。その度にちょっとだけ足を止め、尻尾を振ったり撫でられたりとご近所付き合いも完璧だ。

彼女は通りを行き交う人々の声に耳を動かす。少し隅に寄っただけで、一つ屋台を挟んだだけで、まるで喧騒が遠くなったように思えた。仕事中ではあるが、気分は優雅な散歩である。

「ママ、犬！」

「あ、偉いねぇ。何か運んでるね」

それなりに大きな体の彼女を見つけ、時折どこからか声が上がる。

「あ、ジル。犬ですよ」

「何か運んでんな」

いい年して微笑ましい親子と同じ会話をする男二人もいる。

彼女は、たかたかたかと少し速足で通い慣れたルートを進んだ。布屋の角を右に曲がり、この路地を抜けたら左。路地に差し込む光に色を変えた地面が近付いてきて、やがてそこに前足を乗せた時だ。

「、何だ？」

ふいにこちらに曲がってくる男がいた。危なげなく避けて見上げれば、そこには老若問わず全ての女性が見惚《みと》れてしまうだろう美しい顔がある。

艶のある黒髪、紅玉のような瞳。だがそれらが彼女に何かしらの感慨を抱かせることはなく、しかし彼女は見下ろしてくる相手に群の長《おさ》と似たようなものを感じて、何となく歩を緩めた。

「……優秀な働き手が増えたものだ」

笑みはない。隈《くま》のできた目を微かに細め、男は歩き去っていった。

気にせず路地を出る。その先の噴水広場を通りすぎて、すぐ。青空に映える赤い屋根をかぶった一軒家が目的地だ。

「あら、シャリー。こっちこっち」

「今日も偉いわねぇ」

だが、目的の家の手前で声がかかった。

蔓の絡まる井戸の傍で、まさしく井戸端会議をしている主婦らの中にお目当ての相手を見つける。籠を器用に咥えなおし、彼女はそちらへと歩みを進めた。尻尾を振りながら一人の女性を見上げれば、優しい手付きで頭を撫でられる。籠の持ち手を握られてそっと口を開いた。

「有難う、シャリー」

「わふっ」

「ちょっと待っててー」

行儀よくお座りをして、頼まれたとおりに待つ。

他の主婦らに構われていれば、すぐに女性は戻ってきた。その手には銀貨が一枚。

「気をつけて帰ってね」

首にぶら下げた小さな皮袋、そこに銀貨が入れられる。最後にもう一度撫でてくれた手にぐいぐいと頭を押し付け、これで仕事は終了だと手を振るように尾を振って別れを告げた。


少し散歩でもして帰ろうか。

ゆったりと尾を揺らしながら、彼女は再びマルケイドの街並みを歩いていた。普段の配達圏はなかなかに広い。心配するだろう主人の為にも、そこから出ないよう歩き回ることにする。

何日か前に誰かが果実水でも零したのだろうか。石畳に残る甘い香りに鼻を近づけ、その溝に沿ってふんふんを匂いを嗅《か》ぎながら歩いていた時だった。前方に誰かの足を見つけ、顔を上げる。

「あ、わんこ」

その男は巨大だった。それなりの体躯《たいく》を持つ彼女でも、精いっぱい頭を上に向けないと顔が見えない。しかし、茶色のふわふわした髪を尻尾のように結んでいる彼はすぐにしゃがんでくれた。片手に紙袋を抱えているのが少し重そうだ。

「迷子かな……」

「近所の子だ、お前よかよっぽど道に詳しいわ」

「ご、ごめんなさい」

男と話していた絵画店の店主が、からからと笑って声をかけてくれる。

「シャリー、散歩か。水でも持ってきてやろうか」

「わふ」

彼女はお言葉に甘えることにして、その場に腰を落ち着けた。

勝手知ったる何とやら。てれっと脚を崩しながら座っていると、隣にしゃがんだ大きな男が感心したように息を吐く。

「ごめんね、勘違いして」

気にするな、とその手に鼻先を押しつけてやった。男はくすぐったそうに笑って、よしよしと鼻先を撫でてくれる。わしわしと耳の根元を揉まれるのが大変気持ちが良い。

「ほら」

戻ってきた店主がたっぷりと水の入った皿を置いてくれた。

立ち上がり、尻尾を振って礼を告げ、そっと鼻を近づけて舌で水を掬う。彼女はもう、勢い余って鼻先まで突っ込む幼子ではないのだ。

「それで、絵画なんですけど……」

「ああ、分かった分かった。もし入ったら取り置いときゃあ良いんだろ」

「はいっ、ぜひお願いします！」

立ち上がった大きな男と店主との会話を気にせず喉を潤《うるお》す。

「しっかしなぁ、迷宮絵画なんぞ実風景だぞ。いかにもな貴族が描かれたモンなんざ有り得んわ」

「い、いいえ、その可能性が出てきたというか……」

大きな男は気弱そうに、もごもごと言葉を濁《にご》した。

「何だ、知り合いか？」

「お世話になってる冒険者で、その」

「貴族なのにか」

「いえ、確かにどう見ても貴族なんですけど、冒険者で……」

大きな男と店主は既知《きち》のようだった。

男の祖父と店主とが友人で、それ以来の付き合いだという。ぴちゃぴちゃと冷たい水を味わう彼女には何の関係もないことなので、気に掛けることはないが。

「まぁ、お前に限りゃブツは揃おうと金がないってことはあり得んしな」

「それは、はい」

気弱そうな男が、きょとんと眼を瞬かせながら当然のように言う。

「相手が大貴族様でもなければ、多分、僕のほうが出せると思うので……」

店主が呆れたような顔をして、大きな男を見上げた。

「迷宮絵画の相場は、描かれた風景の希少価値。冒険者がいりゃそいつらの知名度だ。俺ぁそんな冒険者なんざ知らねぇぞ」

「み、見れば分かります！」

「実力ねぇ冒険者に価値なんざ出ねぇだろ」

「実力も、ちゃんとあるはず……けど、きっと、絵だけで価値は出るので」

「見栄えする貴族っぽい奴ねぇ、優男《やさおとこ》ってか？」

「リゼルさんの価値は、そういうんじゃなくて……っ」

彼女は満足するまで水をごちそうになって、ぐだぐだと話す二人を置いて散歩を再開した。


花壇に植えられた色とりどりの花々を尻目に、てってってっと機嫌よく歩く。

明るい通りから少し薄暗い路地へ。苔むした石のアーチを潜り、絨毯《じゅうたん》を広げた露店の前を通り過ぎて、再び雑多に賑わう大通りへと戻ってきた。彼女の主人が切り盛りする屋台の通りとはまた別で、立ち止まり、ふんふんと流れる風の匂いを嗅いで歩き出す。

「貴族の冒険者の噂を聞いたことはないか？」

とある店に差し掛かった時だ。何やら不穏な雰囲気が漂ってきて、両耳が立ち上がる。

「料金は後から使いの者に持ってこさせる」

「それは、今はお支払いいただけない……？」

「それが何だ？」

「い、いえ」

偉そうな男と取り巻きが、か細い声を上げる店主に何やら詰め寄っているようだった。

彼女は少し離れた位置で足を止め、しばし首を傾げながら眺める。偉そうな男たちは、そんな店主を放って何処かへと去ってしまった。暫く鼻先をそちらに向けて匂いを覚える。

「貴族様ねぇ……」

「偽物だったらどうしましょう」

「いや、疑って本物だったほうが困る」

「そう、噂は聞いたことあるし」

店主と残された人々が悩むように話し合っている。

その後ろを通り過ぎながら、彼女は全く困ったものだと一度だけ鼻を鳴らした。店を困らせるような客などお呼びでない。敬愛する主人の元に、偉そうな男たちが行かなければ良いのだが。万が一そうなれば、牙を剝いて唸ってやれば良いだろう。以前にも、金を払わず店先の果物を盗んだ輩をとっ摑まえた実績がある彼女は、意気揚々《ようよう》と歩を進めた。

「お前の偽物いんぞ」

「ん、あれってそうなんですか？」

「まぁ間違った噂利用してる時点でほぼ他人だけどな」

「ですよねぇ」

よく分からない会話を交わしながら、立ち飲み用のテーブルでのんびりと紅茶とコーヒーを飲む男二人の隣を通り過ぎる。

「あ、さっきの。お使い終わったんですね」

「よく見分けつくな、お前」

後ろから聞こえた声に、サービスで大きく尻尾を振ってみせた。


こうして彼女は十分に散歩を堪能し、主人の元へと戻った。

屋台は何事もなかったようで、ぐにぐにと両手で顔を揉まれながら敬愛する主人に労われる。水を出された時に飲まなかったら、他所でご馳走《ちそう》になったのがバレてしまったが。

そして、空が茜《あかね》に染まるまで屋台でのんびりと過ごした。変わらぬ日常だ。

「よーし、ここまでにしよっか」

人波はまだまだ途切れないものの、主人の屋台の客足はすっかりと落ち着いた。

慣れた手つきで屋台を畳む主人の隣、彼女はよいしょと立ち上がる。端に置いてある小さな荷車にくくった紐《ひも》をグイグイと引けば、そこに主人が余った果物を転がした。

残りは数個。彼女の今日のデザートにでも出てくるだろう。

「一日お疲れ様、シャリー」

お座りしていれば、主人お気に入りの青白磁色の毛並みを撫でられる。

「うちの狼さんは頼りになるね」

馴染みでない人々は犬だ犬だと言ってくれるが、彼女は立派な狼なので誤解のないようお願いしたい所存《しょぞん》だ。

後日、いつもの配達の途中。

「あ、よく会いますね」

彼女は何だか聞き覚えのある声に呼び止められた。

咥えた籠をそのままに足を止めれば、冒険者とか呼ばれている面々が身に着けているような服を翻《ひるがえ》して一人の男が近づいてくる。見覚えがあった。黒を身に着けた男と一緒にいた筈だ。

だが、今日は一人のようだった。

「ジルが言ってたんですけど、君は狼だったんですね」

分かっているではないか、とその場に座って相手を待つ。

正直、彼女にとって黒い男は脅威《きょうい》である。牙を剝こうが爪を立てようが、全く敵いはしないだろう圧倒的な力量差を本能で感じ取っていた。もしその黒い男が自らの主人であるなら絶対服従を誓ってみせただろうが、彼女の主人は自らを慈しんでくれる家族一行である。ならば得体のしれない脅威など、近付かないに越したことはない。

「今日もお使いですか？」

けれど、目の前でしゃがんだ優しげな男は違う。

清廉な雰囲気は警戒心を散らし、透き通った瞳は高貴の色を宿しつつも柔らかく。しかし彼女はご主人一筋であるものだから、ぴんと伸ばした背筋を緩めて、むやみやたらに懐くような真似はしない。

「俺は連れを待ってるんですよ。喧嘩を売られちゃって」

「わふ」

そっと伸ばされた手が毛並みを撫でる。手付きは優しく、随分と慣れているようだった。

「そうだ。近くに喫茶店とかありますか？」

分かるかな、と告げられた声に尻尾を一度だけ大きく振る。踵を返し、立ち止まり、彼女は振り向いてじっと男を見上げた。穏やかな顔立ちが笑みに綻んで、立ち上がった彼は彼女のすぐ後ろに立った。

「はい、お願いします」

そして彼女は胸を張って歩き出した。

何処かから騒がしい、乱暴な喧騒が聞こえてくる。それにピクリピクリと耳を動かしながら進むこと少しだけ。見えてきたのはゆったりとした空気の流れる、落ち着いた喫茶店。

そのテラスの階段の手前で足を止め、お座りしてみた彼女に穏やかな男は微笑んだ。

「有難うございます」

伸ばされた手の先に光る銀色に、彼女は動かず待った。

首に吊り下げた革袋にそれが入れられるのを感じて、ふわふわと耳と耳の間の部分を撫でる掌を受け入れて、ぱさぱさとゆったり尻尾を振りながら踵を返す。

「お仕事、頑張ってくださいね」

ひらひらと手を振って見送られる。

彼女はぷすー、と鼻から長く息を吐いて歩き出した。少しだけ遠回りになってしまったが、やや駆け足になれば赤い屋根の一軒家には十分に間に合うだろう。

「あら、お金が多いけど……何処かで人助けでもしてたの？」

革袋を覗いた主人に存分に褒められて、今日も幸せなシャリーなのだった。

小説家になろう　活動報告掲載SS

小説家になろう　活動報告掲載ＳＳ

幼いリゼルとケセランパサラン

幾つもの友好国を持ち、広大な領土を誇る古くからの大国。

その国境付近にあるのが、とある公爵家によって治められている都市だった。立地により他国との交易が盛んで、豊かな土地を有するが故に酷く栄えている。その中で最も大きな都市に、領主である公爵の屋敷はあった。領主は民をよく治め、民も領主をよく尊敬する穏やかな都市だ。

だがその豊かさから敵を作ることもある。他国に軍をけしかけられたり、あるいは交易を妨害されたこともあった。とはいえ公爵家を継ぐ代々の領主たちの働きもあり、滅多にあることでもないのだが。

都市にはそういった危機から領地を、公爵家を守る者たちがいる。

白い軍帽を被り、白い軍服で身を覆う姿はまさに高潔《こうけつ》。国ではなく公爵家が有する軍であり、実力は自国の国軍を以てして未知数だと言わしめる。彼らは、この領地を〝逆鱗都市〟足らしめる所以《ゆえん》の一角であった。

「あら軍人さん、クッキーを焼いたのだけど食べる？」

「勿論。有難うございます」

「リゼル様の分もいるかしら。まだお小さいし、最近はよく食べられるって聞いたわ」

「そうですね、お預かりしましょう。代わって私から礼を」

そんな守護者たちが二人、街中を歩いていた。

とある喫茶店の女主人に呼び止められて足を止めていた二人は、貰ったクッキーを手に見回りを再開する。大体の諍《いさか》いは交渉で何とかできる領主を持つ彼らの日常は、都市内の治安維持が大半を占めていた。平和なのは良いことだ。

「……食うのか」

「良いでしょう、甘い物がないと頭がまともに回らない」

怜悧《れいり》な瞳を持つ青年は手にした小包の内、自分宛のものを開く。

途端、香ばしいクッキーの香りが広がった。彼は躊躇いなく口に放り込んでいく。高潔を体現したような格好をしながらの食べ歩きに、それを目にした領民たちは気にせず笑っていた。

いつものことだからだ。何かあれば自分たちをその力の限りを尽くして守ってくれる、そういう信頼がそこにはあった。

「〝甘党《あまとう》〟……」

「何とでも」

隣を歩く男が、長めの前髪から両目を覗かせながらポツリと呟いた。

何処へでもなく送っていた視線をゆっくりと向ける男に、青年は不要になった包み紙を折り畳みながら悪びれず返す。その瞳は手にしたもう一つの包みへ。リゼルへ、と差し出されたそれに怜悧な瞳を緩ませる姿に、共に巡回を務める男は何も言わずに視線を宙へと戻した。

「(冷血指揮官と罵《ののし》られた男が、よく)」

年若く才に溢れた青年が、国の正規軍に所属していた頃に呼ばれていた蔑称《べっしょう》。同輩《どうはい》ならば誰もが知っている。本人も隠していなければ今も昔も気にかけることはない。頭が良すぎただけだ。だからこそ、どう動けば何人死ぬかが分かってしまう。必要ならば口にも出すものだから、告げられた兵たちは己の指揮官に恐怖した。

たとえ被害を誰より少なく抑えようと、どれほど最善の結果を残そうと、犠牲のない戦場など存在しないと誰しもが理解しながらも、あまりにも正確な犠牲の数に彼の部下達は自らが捨て駒《ごま》なのだと思い込んだ。

どちらも悪くないし、きっとどちらも悪いのだろう。今となっては関係のないことだが。

どういった経緯かは男も知らないが、現領主とその子息がある日突然連れてきた青年は、今や表情を緩めて領民と言葉を交わしている。甘いものを口にしながら、同輩との変な軋轢《あつれき》もなく、何より当の公爵家を酷く大切に思っている。

それだけで、共に守るには十分だ。

「〝不思議〟」

声をかけられ、男はふっと足を止めた。

彼ら領地の守護者たちは、名前で互いを呼び合うことがほとんどない。軍律《ぐんりつ》まではいかない、ただの慣習だ。何故かそうなっていた。大の甘味好きであるから〝甘党〟、あまりにも画伯《がはく》すぎる為に〝画伯〟、いつも先陣を切る元戦《いくさ》狂いの〝番長〟など、全員好き勝手に呼んでいる。意外と不満は出ない。

〝不思議〟と呼ばれた男もまた、相応の理由があった。

人には見えないものが見えているのだと、最初に言い出したのは誰だったか。男自身が何かを語ることは一度もなかったが、その噂は酷く信憑性があるものとして広まった。

彼の周りに、光がふわふわと浮いているのを見たことがあると言う者は少なくない。得意だからと探し物を頼むと、何かを追いかけるように視線を動かすこともあるという。とはいえ基本的にはただぼんやりとした男なので、同輩は〝時々便利〟としか思ってはいないのだが。


『ないしょですよ』

そんな男が、自分の見ているものを一度だけ他者と分け合った事がある。

『ペット、かいたくて』

『領主様に頼めば、きっと……』

『ないしょが良いんです』

膝をついてようやく視線の合う幼子は、ふるふると首を振った。

きっと反対はされないだろうに何故、と思いはしたもののリゼルが望むのならば否定などしない。

男が薄く微笑んで頷けば、嬉しそうにふわふわとした笑みが返ってきた。

しかしその笑みもすぐに困った顔に変わり、少しだけ俯いてしまう。

『でも、むずかしくて』

『……お優しいですね、リゼル様』

憂いた顔を見ていられず、そっと伸ばした手で細く柔らかな髪を撫でた。

貴族の子というのは多忙で、その時も次の講師が来るまでの間にこっそりと話していた。内緒だというなら誰の助けも借りられない、つまり世話をしてやれないから難しいというのだろう。

『そうだんしたの、ちゃんと、ないしょですよ』

『分かりました、内緒ですね……』

添えた手を小さな両手で握られ、男も内緒の証に唇に指を立ててみせた。

そうして二人で笑い合ってから三日後。再びリゼルの護衛についた男は、さて寝ようとベッドに入ったリゼルの元を訪れて一つの瓶を差し出した。内緒、と吐息だけで零した言葉の意味を悟ったのだろう。リゼルがパッと喜びを露に瞳を輝かせ、瓶の中を覗き込んだ。

『ケセランパサランです……』

薄いパウダーを敷き詰めた瓶の中、白くて丸いふわふわが浮かんでいた。

古くから幸せを運ぶ精霊だと言われているようだが、男にはそれが本当に幸せを運ぶのかも精霊なのかも分からない。ただ愛しい子の傍にいてほしいと願い、それが応えてくれただけだ。

『ふわふわです』

不思議そうに眺めてはいたが、すぐに頬を染めて笑う姿に男は優しく目を細めた。

『下のパウダーが減ってきたら、足してあげてください……』

『これがごはんですか？』

『はい』

それだけで良いのかと目を瞬かせ、瓶を大切そうに両手で包み込むリゼル。ふわふわと瓶の中を漂うケセランパサランを嬉しそうに見つめる姿を、男はベッドの横に膝をついて眺めていた。

瓶は空気穴の開いたコルクで蓋をされているが、ポーズだけだ。大切にされていれば開けっ放しでも出ていかないし、そうでないのなら蓋があっても何処かに消えてしまう。

『ありがとうございます、たいせつにします！』

目の前の幼子ならば、逃げられることなどないだろう。男は仕える家の愛し子へと慈愛の眼差しで微笑み、いつまでも眺めて寝そうにないリゼルの手からそっと瓶を抜き取った。


その時のことを、男は今でもよく覚えている。

今はもう公爵家の全員に周知されているペットだが、書庫で元気にやっているようだ。リゼルに誘われて時々見にいくのだが、育ったし増えたのだから想像どおり大切にしてもらったのだろう。育つとも増えるとも思ってはいなかったが。

「隣の地区も軽く見回って戻ろうか。そうすればちょうど交代の時間になる」

「いや……」

ぼんやりと足を止めていた男に、青年は慣れたように声をかける。

しかし提案は許容されず、青年は怜悧な瞳に怪訝の色を乗せた。見れば、ぼんやりと宙を見ているかのような男の視線が何かを辿るように流れていく。

前髪の影が落ちる瞳が見据えたのは都市の中心部。領主たちの住まう屋敷だ。

「……戻ろう」

「分かった」

同輩たちは〝不思議〟と呼ばれる男が何を見ているかなど分からない。だが、彼が自分たちと同じように領主一族に忠誠を誓っていることを知っている。

それだけで充分だった。

その公爵家の書庫は周辺国でも有数の規模を誇っていた。

扉を開けば広がる美しい意匠と膨大な数の本、まさに〝大図書館〟という異名に相応しい。だが、それすらも氷山の一角であると知る者は少なかった。地下にまで伸びた空間には地上の何倍もの本が収められている。日の光が入らないそこは人工の灯りにのみ照らされ、机に備えられたランプによって本を読むのに不自由はしない。

雑音のない落ち着いた空間で一人、リゼルは本のページを捲る。

飼い始めてから数年、大きくなったペットにもふもふと囲まれながらの読書だ。本を持ったらふそふそと集まってきてくれたので、その塊に腰掛けていた。

ふわっふわのソファに埋もれているような、しかし水のように不定形なものに包まれているような不思議な感覚。これがとても心地よく、リゼルはもふもふと近くの子に頬ずりしながら至福の読書タイムを堪能していた。

「おなかいっぱい？」

近くの机には、大きくて平らな皿が一つ。薄っすらとパウダーが盛られている。

ペットの住処《すみか》を書庫の地下に移し、本の隙間や本棚の上に積もった埃を食べ始めた姿を見てからも、せっせとリゼルは食事を運んできていた。毎日はいらないようなので、時々あれば食べにくるので、嗜好品のようなものなのだろう。

「おいしかった？」

返事はない。ケセランパサランはふわふわとソファーの代わりをしてくれている。

しかしリゼルは気にせず、それらと同じ柔らかさでふわふわと微笑んだ。そうして時折話しかけながら手にした本のページを捲り、最後の一文まで読み終える。

「つぎは、なに読もうかな」

ね、と顔の隣に浮いた一匹へと声をかけながら立ち上がった。同時に、音もなく集まっていたケセランパサランが散っていく。まるで花が綿毛を飛ばすかのようで、リゼルはそれを見るのが好きだった。

今日はもう出かける予定もないし、予定していた勉強や習い事も早めに終わらせてしまった。もう少し読書を楽しんでもいいだろうと、高い天井まで隙間なく本で覆われている壁を見上げる。

「そういえば、きのう新しい本が入ったはず」

歩き出せば、二匹が風に流されるように浮かんで付いてきた。

読み終えた本を片手に抱え、余った手でつんっとつついてみる。ふわん、と押されたケセランパサランがふよふよと宙を彷徨い、再びゆっくりとリゼルの後に続いた。

「ふふ」

かわいい、と笑みを零して目当ての棚へ。新しい本は階段近くの棚にある。まだ難しい本は読めないが、最近は色々な本が読めるようになってきた。勉強を頑張った甲斐があるというものだ。

「あ」

首を真上に向けながら、棚の上から順番に本の背に目を通していく。

ちょうど目線のやや上の段に辿り着くと、興味の惹かれる題名が目に入った。遠い国の歴史書、最近父親からその国の話題が出ていた気がする。よし、と腕の本を抱え直して手を伸ばす。

そして、まだ幼く短い指先が本の背に触れ、頭へと指をかけた時だった。

「?」

ふと、魔力が抜けた感覚がした。

まるで何かに魔力を流し込んだような、そんな感覚を不思議に思いながら一歩二歩と後退する。

隣でふよふよと浮かぶケセランパサランを見て、そして自分の指先を確認して。

その、直後のことだった。

「!」

寸前まで触れていた本から何かが溢れた。ランプの灯りに照らされたそれは毒々しいまでの橙色《だいだい》。

まるで意思を持っているかのようにのたうつ粘液《ねんえき》は、不気味に本を覆っていく。

それはやがて、何かを探すようにリゼルへとその身を伸ばした。

「っ」

リゼルはぎゅうっと本を抱き込み、きゅっと口を噤んだ。

刺激しないように、そろそろ階段へと向かう。橙の粘液は本棚に張りつき、いまだのたうち回っていた。こちらに気付いた様子はない。気付くようなものなのかも分からない。リゼルは慌てないように、音を立てないようにそっと階段へと足をかける。

ボコン、と重い泡が立ち上るような音が聞こえた。

「つぁ」

直後、粘液はとてつもない速さで本棚から階段へと這い寄ってきた。

リゼルが咄嗟に下がらなければ、その不気味な体に飲み込まれていただろう。これは気付かれている。逃げられない。縋るように抱えた本へと力を込め、一歩ずつ後ろへ下がる。

「………っ」

声を上げれば、襲われるかもしれない。しかし逃げられないのなら同じ事だ。ズ、ズズ、と床を這いずり近付いてくる橙色に、リゼルはゆっくりと震える息を吸い込んだ。覚悟を決める。

「だれか……‼」

橙色が膨れ上がるように姿を変えた。

驚きに目を見開いたリゼルの前に現れたのは翼の生えたトカゲ。魔物だ。

書庫の空気をかき混ぜるような羽音。一瞬の内に目前に迫ったのは歪に並んだ鋭い牙と、赤い赤い口の中。咄嗟に抱えていた本を押し出せば、それが酷くひしゃげる音と共に、凄い力で手から毟《むし》り取られる。

「っん」

幼い体は振り回され、尻もちをついた。

動かねばと、痛みを耐えてリゼルは顔を上げた。その瞳が映すのは再び向けられた長い舌と、赤い口内と、その奥底でゴウゴウと燃える火の塊。今まさに自らの体を焼かんとするそれに、目を閉じることもできなかった。

「あ」

だから、見た。

四方から迫る白。それが身を寄せ合うように集まり、恐ろしいトカゲを隠すようにリゼルの前に集まった。その姿がまるでいつも座っているソファに似ていて少しだけ安堵する。

そして、一緒に逃げようと。手を伸ばした瞬間、目の前の白が赤い炎に呑み込まれた。

「リゼル様!!」

誰かが駆け込んできた。誰かがトカゲを斬り殺した。しかしリゼルの瞳には映らなかった。

パチパチと何かが燃えて弾ける音。空気中を糸のようなものが舞っていた。何かが焦《こ》げるような匂いがする。見知った白いふわふわは何処にもなくて、床に煤のようなものが降り積もっていた。

何だろう、そう思った。知ってるのにと、そうも思った。

「……」

「リゼル様……ッ」

先程まで見回りに出ていた青年が、その小さな姿に駆け寄った。

彼は、床にうずくまって煤を見下ろすリゼルに歯を噛みしめる。見回りから戻ってすぐに書庫へと押し入った二人は目撃していた。リゼルが可愛がっているペットに庇われ、眼前で焼き尽くされた瞬間を。煤の降り積もる床を避け、座り込んでいるリゼルの傍に膝をつく。

そっと触れた背からは乱れた鼓動が強く伝わってきた。

「……」

自分が何を言えるのかと、青年は息を呑んだ。

リゼルの呼吸は酷く浅く、息と共に何かを吐き出してしまうのを耐えているかのようだった。瞬きを忘れたかのように開かれたままの瞳も、薄っすらと唇を開いたままで声を発することのない喉も同じなのだろう。

貴族としての教育を受け、健やかにリゼルは成長している。

それはつまり配下である彼らの前で涙を見せないように、自らを守る為に誰かが傷ついたとしても動揺を表に出さないように、そういったことを少しずつ身に着けているということだ。必要なことだと知っている。今だけは、などと言える訳がない。

青年の怜悧な瞳が揺れ、しかし誰より悲しい筈の子が耐えているのだからときつく目を瞑《つむ》る。せめてこれだけはと、背にあてた手を動かそうとした時だ。

「リゼル様……」

ふいに、カツンとブーツの音。低く静かな声が書庫に落とされた。

青年の掌の下で、初めてリゼルの体が動く。ようやく二人に気付いたかのように持ち上げられた乾ききった瞳が、呆然と近付いてくる男を映していた。

「ぁ」

何かを零しかけた小さな唇が、震える吐息ごと言葉を呑み込む。

男はリゼルの前で膝をついた。その掌を柔らかな頬へ寄せ、こわばりを解くように親指で二度、三度と撫でる。促されるように、きつく噤まれた唇がそっと開いた。

「あ、の」

「……はい」

「助けてくれて、ありがとう、ございます」

「遅くなって申し訳ございません……」

「あの、わたし」

くしゃりと、リゼルの瞳が歪む。

「たいせつ、って、い……っ」

男は伸ばされた両手ごとリゼルを抱きしめた。

押し殺そうとして溢れてしまったような、苦しそうな泣き声が書庫へと響く。

「ひっ、ぅ、っふ……っ」

幼い体を強く抱きしめたまま、男は落ち着かせるような手つきで柔らかな髪を撫でる。

小さな手がきつく自らの白い軍服を握るのに気付き、何か伝えたいのだろうと首元で零されるか細い声に耳を澄ませた。涙に濡れた声は酷く震えていて、深い悲しみと、今になって実感が湧いてきただろう恐怖を強く伝えてきていた。

「大丈夫ですよ、リゼル様……」

「っ、な、ッさ」

怖いものなど何もないのだと、悲しむのも仕方ないのだと、口には出せないものを精いっぱい掌で伝える。しゃくり上げる度に掌の中で震える小さな頭が酷く痛々しかった。

深く抱き込みながら、その唇から零れる言葉を拾い上げる。

「ッごめ、っな、さ……ッ」

ふいに何かが弾ける音が書庫に響いた。

二人の隣で痛ましげな顔をしていた青年が咄嗟に警戒に顔を上げるも、音の正体は掴めない。

「わた、っし、ひ、ッ……ごめっ」

「リゼル様……」

バチ、バチンッ、と何処からか絶えず音が鳴る。

本棚が揺れて何冊もの本が落下する。机に置かれている皿がカチカチと震える。魔力を用いている為に一定であるはずのランプの光が揺らぐ。まるで男の孕む憎悪に共鳴するように。

抑えきれない怒りが書庫を支配していた。姿の見えぬ感情の主がそこかしこに居るようだった。

「誰が……」

男が、無意識のように呟いた。

何故この子が謝らなければいけないのか。深く深く傷ついて尚、何故自らの所為だと己を責めなければいけないのか。一体誰がこの子を傷つけたのか。誰の所為でこの子は泣いているのか。幼い心は傷つけられたのか。謝らなくてはいけないのか。耐えなければいけないのか。償わせなければ。罰されなければ。許されることではない。

愛しい子の悲しみに比べれば、たとえ命であろうと無にも等しい価値ではあるが。

「贖《あがな》え」

男の影がまるで意思を持つように波打ち、そして。

「………ぁ」

ふとリゼルが顔を上げた。

男は抱き寄せていた力を緩め、腕の中にある幼い顔を見る。その幼い鼻先に黒くて小さなふわふわが寄り添っていた。

「リゼル様、足元を」

歓喜の滲む青年の声に促され、リゼルは潤んだ眼を瞬かせて足元を見た。

視界の中には自身の小さな足と膝をついた男の足。そして床に積もった煤がふわふわと宙へと浮かび上がり、小さな丸を作っていくのをしっかりと捉えていた。

「……いきてた？」

リゼルは男に恭《うやうや》しく持ち上げられ、腕に座らせるように抱き上げられた。

男が一歩下がると、足元の煤がどんどんと集まり始める。それが丸を作る度にふわふわと浮かび上がり、リゼルの元へと集っていった。

「黒くなっちゃいました」

「きっとその内戻りますよ。ほら、お顔に煤が」

確証はないが、リゼルが望むのなら戻るだろう。

合理的であるはずの青年は一片の疑いもなく言いきって、黒くなったケセランパサランが触れる度に汚れていくリゼルの頬を拭う。汚すなと思いはするものの、嬉しそうに笑うリゼルを見れば追い払おうとは思わなかった。

「おや、煤だらけだね」

すると書庫に新しい声が落ちる。リゼルが男の肩からそちらを覗き込めば、そこには微笑みを浮かべた父親の姿があった。男と青年はすでに気がついていたのか、驚くことなく膝をついて頭を下げている。

リゼルもそっと男の腕から下ろされた。階段を下り、歩み寄ってきた父親が腕を伸ばすのを見てトコトコと近付いていく。

「お父さま」

「リゼル、大丈夫だったかな。痛いところは？」

「わたしは、ないです」

ふるりと首を振れば、父親の大きな掌が頭を撫でた。

その感触にリゼルは目を細め、そして泣いてしまったことを隠すように少し俯く。泣くなと言われたことなど一度もないが、何となく後ろめたかった。

そっと上目で窺えば、返されたのは柔らかな笑み。ほっと安堵して口元を綻ばせる。

「ほら、リゼル。ペットも復活が終わったみたいだけれど、数は大丈夫かい」

「もとの数は、あんまりおぼえてないです」

「お前のそういうところはお母様に似たのかな」

可笑しそうに告げながら、父親が膝をつく二人に起立の許可を出す。

そして先程まで抱き上げていた男へとリゼルの背を押した。

「二人して煤だらけだ、汚れを落としておいで」

「ですが……」

「取り敢えずの話は彼に聞くから。折角の白い軍服が汚れていては締まらない」

優しい微笑みに男は礼を返し、リゼルを連れて書庫を出ていく。

その二人を見送った青年は、扉が閉まると同時に張り詰めた空気を感じて表情を怜悧なものへ変えた。仕える領主へと向き合う。

「話を聞こうか」

「はっ」

二人の間には、踏み砕かれたスライム核の残骸が散らばっていた。

「白いの、いっぱい食べたらもどるでしょうか」

「どうでしょうね……」

目尻を赤く染め、ふわふわと微笑みながら見上げてくる幼子に男は薄く微笑む。

上を向いてばかりでは不安だからと、その手はリゼルの肩に触れそうな位置に添えられていた。

酷く上機嫌なリゼルは気付いていないだろう。

「ずっと、大切にしますね」

「はい……」

向けられた笑みを愛おしいと、男は強く強く思う。きっとこの気持ちは褪《あ》せることがないのだろうという確信があった。何年経とうが、幼い子供が大人になろうが変わらない。赤子の頃から見守ってきて今まで、一度だって褪せたことなどないのだから。

そして辿り着いた風呂の前で、男はリゼルを中へと促す。

「では、侍女を呼んで参りますので私はこれで……」

「いっしょに入るんじゃなくてですか？」

「……」

いけないと強く窘めることができず、どうしようかと言葉を選んでいたら、通りがかったメイド長に「どうせだから入ってしまいなさい」と風呂に突っ込まれた。

書き下ろし

年下二人のプレゼント探しの旅

これはリゼル達がアスタルニアへと旅立つ前日譚《ぜんじつたん》。

スタッドがどのようにして美しい栞《しおり》を手に入れるまでに至ったのかの話。


スタッドは近頃、黙々とただ一つのことについて考えていた。

無感情と称される彼が、ギルド業務中に業務のことを考える以外、特に何を思うでもなく日々を過ごしていたのは少し昔の話。今はふと思い出した時に、リゼルと買い物に行った時のことであったり、リゼルに土産で貰った腕時計のことだったり、リゼルと次に遊びに行く時のことだったりを考えている。

そして今、頭を占めるのは〝リゼルのアスタルニア行き〟という一点。

別に嫌ではないのだ。いや、嫌だが。引き留めるほど嫌かと言われたら、まぁ確かに嫌なのだが。

それでもリゼルが行きたいのなら、その願いを頓挫《とんざ》させることのほうが嫌だと感じるので、同じ〝嫌〟を天秤《てんびん》にかけてスタッドはアスタルニア行きを見送ることにした。

「(考えてもどうにもならないことを考えるほど非効率なことはないだろうに)」

感情初心者であるスタッドはそんなことを考え、そんな自身を不思議に思いながらその日へのカウントダウンを今日も胸に刻む。そう、あと何日だと心の内で刻むのみ。

「(三日後にアスタルニア)」

「スタッドー、依頼用紙の予備どこ？」

「…………」

「そんな蔑《さげす》んだ目ぇせんでも……」

彼はこれまで、決められた業務をこなすだけだった。

自分から動こうという発想がない。よってその日を望まずともただ待っていた。

「(二日後にアスタルニア)」

「スタッド君、お昼一緒にどうですか？」

「行きます」

暫く会えなくなるからといって、特別何かをするという考えもなかった。

変わらぬ会話。変わらぬ交流。会えれば嬉しいし、穏やかな声を聞けるのも嬉しい。

「(明日にはアスタルニア)」

その発想に至れたのは奇跡だったのだろう。

運命の日を明日に控えた夜、ベッドに潜りこんで天井を見上げている時だ。スタッドはさて眠ろうと閉じかけた両目を突如見開き、ただ一心に天井の木目を凝視した。

「……」

閃《ひらめ》いた。

リゼルの見送りの為、ギルドには事前に休みをもぎ取っている。

よって普段どおりに目を覚ましたスタッドは、いまだ朝日が覗き始めたような時間に身支度を整えて外出した。休日は必要ないし、やることもない。そうしてギルドの椅子に座り続けていたのは過去の話。そんな理由で持っていなかった私服も、リゼルが選んでくれたものがある。それを身に着け、いざ、スタッドは目的の店へと向かい始めた。

「えっと……物を？」

「あの方に物を渡したいんです」

「うん……それは、何を？」

「それが分かれば聞きにきていません」

「……、……あっ、プレゼントのこと？」

先程からそう言っているだろう、そう思いつつスタッドは目の前の男に頷いてみせた。

背丈ばかり成長した気弱そうな男。道具屋を営むジャッジの寝起き姿を眺める。その類のものに今まで縁がなかったスタッドでは咄嗟に単語が浮かばなかったが、確かに彼の言うとおり贈り物やプレゼントといった扱いになるのだろう。

「(贈り物)」

「えーっと、朝ごはんだけ食べてきていい？」

「(贈り物)」

「あ、スタッドも食べる？」

「(プレゼント)」

「僕も、リゼルさん達にお弁当作ろうと思ってて」

プレゼントとは一体。

スタッドはそんなことを考えながら、ジャッジの言葉も右から左に店へと足を踏み入れる。

店内を通り抜けた奥。ジャッジの生活スペースに置かれたテーブルは、リゼルも時々お邪魔してお茶をご馳走になっている場所だった。そこに用意されている食べかけの一人分の朝食を見て、訪問のタイミングが悪かったなどとスタッドが引け目を感じることはない。

彼自身が一人での食事を邪魔されようと何も思わないからだ。いや、要件によっては不愉快ではあるが。それにリゼルとの食事を邪魔された時も滅茶苦茶キレるが。

「はい、スタッドの分」

「どうも」

「それで、買うものの候補とかは」

「ありません」

贈り物を贈るという発想にたどり着いただけでも快挙なのだ。

スタッドが悪びれずに告げれば、ジャッジはパンにジャムを塗りながら困ったように眉尻を下げる。予想はついていたがどうしよう、とでも言いたげな態度だった。

「買うものを悩んだことがありません」

「普段の買い物とかは……？」

「買うものをリストアップして渡されますし私も不足品は把握しています」

「無駄がないなぁ」

いっそ感心したように零したジャッジは、何かを思案するようにパンを咀嚼する。

スタッドの買い物は早い。店に入り、目当ての商品へ向かい、買って帰る。動線がきっちりと決まっているタイプであり、あちらのほうがこちらのほうがと目移りすることもない。他の店のほうが安いかも、とウロつくよりは時間的効率を優先するタイプだった。

よって今回もこれが一番確実だろうと、品揃えが良く、リゼルの好みを把握しているだろうジャッジの元を訪れた。彼は〝手間をかけるほど気持ちが籠もる〟派とは恐らく生涯相容《あいい》れない。

「だから何か良いものがないか聞きにきたんですが」

「リゼルさんの好きそうなものはもう勧めちゃってるし、僕の店には……」

「そうですか」

ならば仕方ない、とスタッドは皿を呷るようにスープを飲み干した。

店員が客に物を売るのは当たり前のことであり、更に言うならばジャッジがリゼルを優先して動くことも当然のことである。よってその点についてどうこう言うつもりはないが、早くも打つ手がなくなってしまった。何せ、何を以てプレゼントというのかも定かではない。

「プレゼントはその人にとって必要なものですか」

「必ず必要じゃなくても、喜んでもらえるなら良いんじゃないかな」

「以前に貰った時計と同価値のものが良いですか」

「そこらへんは気にしなくて良いんじゃないかなぁ」

「大きさはどの程度が許容範囲ですか」

「お、大きさ？　えっと……持ち運びに困らない、くらい？」

スタッドは二度目の朝食をとりながら思案する。

まず第一に本。確実に喜んでもらえる最有力候補だが、最難関候補でもある。なにせリゼルだ。スタッドもよく覚えている初対面の時、真っ先に書店の話題に食いついたのだから、王都に慣れ親しんだ今となってはあらゆる書店を網羅していることだろう。つまり大体の本には目を通し済み。そうでなくとも、既に持っている本を選んでしまう確率は高い。

「本は止めておきます」

「うん……」

まさか贈り物の定義から質問されるとは、と戸惑いっぱなしのジャッジが辛うじて頷いた。

しかしスタッドはそれに対して気付かないし気にしない。ならば何が良いのかと思考を巡らせる。これを〝悩む〟というのかと、彼は今になってようやく自覚した。リゼルと出会ってから今まで、初めてのことばかり経験しているような気がした。

望んで訪れた変化ではない。けれど訪れた変化を拒絶しようとは決して思わなかった。喜んで迎え入れるのとも違う、リゼルがそれを望んだのなら受け入れるべきだと自らが決めた。けれど与えられたという実感はあったものだから、それに対して何かを返したかった。

「あと、リゼルさんが欲しがってたものだと」

「殺気に気付ける方法を欲しがっていました」

「それは僕も分からない……っていうより、リゼルさんにはそういうの、いらないんじゃ」

「これに関しては私も同意見です」

互いに、少しばかり不思議に思いながら顔を見合わせる。

殺気や気配など、気付けたところでどうだというのか。スタッドはその類のものを感じられるが特に何も思わず、冒険者的にも分かったほうが便利は便利なのだろうが必須技能でもない。

「ジルさんもイレヴンもいるし」

「それらに気付けなければいけない状況にあの方が一人でいる、というのが解釈違いです」

「それだよね」

「なので生涯、気付けないままでいてほしいと思っています」

「うん、僕も」

スタッドは自信ありげに一つ頷く。その正面でジャッジがふにゃふにゃと笑う。

このようにリゼルの密かなロマンは誰にも同意を得られないのだが、本人は知る由もない。

「なら、やっぱり物かな」

「物」

「無難なのは消え物……食べ物とか」

「好き嫌いはないらしいですが好きなものは分かりません」

「うーん、リゼルさん、何でも食べてくれるから……」

その時、ふとジャッジがスープを掬い上げたスプーンを止める。

喜びが溢れたように微かに頬を染め、緩んだ唇を綻ばせるままに口を開いた。

「ぼ、……」

言いかけ、唇を噤む。

羞恥に顔を赤くして、何とも言えない顔で奥歯を食いしばっている男へと、スタッドはただ蔑むような眼差しを送っていた。明らかに「僕の料理は好きって言ってくれた」とか半ば無意識に言おうとして、途中で気付いて恥ずかしくなって止めたのだ。ならば最初から口にしなければ良いものを、鬱陶しい男だとテーブルの下で窮屈《きゅうくつ》そうにしている足を踏みつける。

「痛っ、スタッド！」

「原因は貴方ですが」

多少は思うところがあったのだろう。何かを耐えるように黙り込んで顔を覆ったジャッジを放置し、スタッドは朝食に並んでいたパンを三口で完食した。意外と一口が大きいのだ。

「……消え物は嫌です」

両手から顔を上げたジャッジが、羞恥を忘れて驚いたかのように目を瞬かせている。

何がそんなに意外なのかと無表情ながらも胡乱な目を向ければ、彼は慌てて取り繕ったかのような平素の表情を浮かべてみせた。仕事中でもないので気は抜いているだろうが、腹芸に長けている商人だけあって切り替えは早い。

「じゃあ、日用品とかは？　リゼルさんが何度も使ってくれるようなの」

「理想ではありますが今あの方が持っていないものが思い浮かびません」

「持ってても贈って良いと思うけど……」

消え物ではない日用品。

それらは既にリゼルが所有している可能性が高い。スタッドも別に贈れば良いと思うし、贈ったらそれを優先して使ってくれるだろう確信もあるが、リゼルはともかくイレヴンから「リーダーそれ持ってんだけど」とでも言われればどちらかが死ぬまで殺し合う自信がある。想像しただけで不快感が増した気がした。

「浮かばないなら、色々見てから決めても良いんじゃない？」

「見てから決める」

「え、うん。中心街の雑貨店とかで、良いのがあるか覗いてみるとか」

その発想はなかった。

どうかしたのかと不思議そうなジャッジを、密かに愕然としながらスタッドは数秒眺めた。そして立ち上がる。両者の目の前の皿は全て綺麗に完食されて、すっかり姿を現したらしい朝日の光を反射していた。

「行ってみます」

「僕もそろそろお弁当作ろうかな。今からやれば六段……七段はいけるかも」

「最終手段として書店を土地ごと買って贈れば喜んでもらえるでしょうか」

「待って」

こうしてジャッジは弁当作りを諦め、スタッドの贈り物探しに協力することとなった。

行き先は中心街一択だった。

なにせそれ以外はジャッジが許さない。スタッドもリゼルに相応しいものと言われれば否やはない。中心街の商店のみならず貴族の屋敷であってもギルド業務で何回も訪れているスタッドは、特に敷居の高さを感じるでもなく変わらぬ足取りのまま一軒の雑貨屋へ足を踏み入れた。

食品以外のあらゆる生活雑貨が揃う店。二人が入店すれば、来客に気付いた店員が折り目正しく歩み寄ってくる。

「いらっしゃいませ。あら、あなたは外の」

「あ、こんにちは……ご無沙汰《ぶさた》してます」

困ったように笑ったジャッジに、彼女はにこりと品良く微笑んだ。

外、つまりは中心街の象徴たる内壁の外。早い話が、商人同士でのみ通用する皮肉であった。

「以前は商品を融通していただき大変助かりましたわ」

「いえ、そんな」

「貴方のお爺様にも、お礼をお伝えくださいませね」

ジャッジは中心街に存在する店にも時折、商品を卸すことがある。

それは中心街に店を構えられるほどの大商人が、手を尽くしても手に入れられない品を手に入れられるということだ。その理由の一端を彼女、いや、恐らく中心街で商いを行う者達は考えるまでもなく知っているのだろう。商人の街と名高いマルケイド、そこの流通を一手に担うと言っても過言ではないインサイの存在を。

「(あれは、爺様の伝手は使ってなかったんだけどなぁ)」

苦笑を零す。

とはいえ使えるものは全て使うのが商売人。祖父の伝手を使うことも勿論あるし、それが悪いということも全くない。相手も言外に含みを持たせている訳でもなさそうなので、わざわざ訂正する必要もないだろう。

この程度、商人の世界ではありふれた会話だ。変に大ごとにしては此方が反感を買いかねない。

「次に祖父に会った時には、そうします」

「ええ、よろしくお願いいたします。つきましては、今回は何をお探しに」

「貴方達が非生産的な会話をしている間に見終わりました」

「あ、スタッド。早かったね」

我関せずと店内を見て回っていたスタッドが戻ってくる。

店員は微かに瞠目しながら無表情な彼を見つめていた。入店時には確認していた二人の内の一人、そんな彼がいつの間にやらこの場を離れていて、いつの間にやら店内を一巡していたというのも驚きであり。

「ピンと来るものがなかったので次に行きます」

「え、待って、ちょ……あの、有難うございます、失礼します」

そのまま流れるように店を出ていくではないか。

しかも連れであるジャッジを置いて。連れの存在をこんなにも意識しない客など店員は一度たりとも見たことがなかった。行動が予想外すぎて完全にスタッドの存在が意識の外に行っていたともいう。

「またお越しくださいませ……」

辛うじてそう口にしながら腰を折った彼女は優秀な店員なのだろう。


二人は次の店へ、次の店へと移動して理想のプレゼントを探した。

中心街にある店を網羅し、さらに外周にまで捜索の手を伸ばす。ネックはやはり何が欲しいのかスタッド自身が分かっていないことだろう。運命の出会いを果たすまでひたすら足を動かすのみ。

城壁の外では幾度も歓声が上がっている。

騎士による公開演習もすでに佳境に入っているのだろう。残る時間は僅か、そろそろ今まで見てきたなかで最も理想に近かったものに決めることも視野に入れなければならない。一軒の古物屋で、表面上は焦ることなく淡々と品を眺めているスタッドへと、ジャッジがそう声をかけようとした時だった。

ふとスタッドの手が動く。それは、古ぼけたランプや魔道具に隠れるようにあった。

「わ、綺麗だね」

彼が手に取ったのは一枚の栞。

宝石のように台座に横たわるそれは、水晶を薄く削り出したかのようだった。角度によって様々な色を宿し、繊細な造形は美しくも儚く見える。なめらかで薄い革のリボンは何かを秘めるように結ばれ、その清廉な風靡《ふうび》はリゼルそのもののように思えた。

ジャッジがそっとスタッドを窺う。

「……」

彼は暫く、瞬きを忘れたかのように手元の栞を見つめていた。

そして数秒。何かを決意したかのように力強く目を見開き、堂々と宣言する。

「買います」

「良かった……っ」

そうと決まれば、と二人は忙しなく動き出した。

ならラッピングを、分かっています、急いで、外から演習終了みたいな笛の音が、しましたね、お爺ちゃん、店主のお爺ちゃん急いでラッピング、成程ラッピングのサービスがない、そんな、リゼルさんに贈るのに……僕の店寄ろうラッピングするから、ああもうやっぱりお弁当作れなかった……っ。そんなこんな騒ぎながら店内を飛び出す。

そんな二人は結局その後、王都南の城門まで全力でダッシュする羽目になった。

「早くしなさいむしろ離しなさい愚図《ぐず》」

「だって離したらシュッて行っちゃうし、遅れたのだってスタッドの所為だし……ッリゼルさん待ってまだ行かないでぇ！」

あとがき

本編が閑話と名高い休暇の短編集は、もはや本編と呼んで差し支えないのでは。

そんな疑問を抱きながらも、なんと書籍化にあたって特典用に書き下ろした小話が一冊の本になりました。こういったものを出していただけたのも、偏に読者の皆さまの「休暇。」への熱意があってこそです。

もはや感謝の気持ちをどう伝えたら良いのか分からない岬です。お世話になっております。


書籍でもいつかお話ししましたが、この作品「穏やか貴族の休暇のすすめ。」は元々「小説家になろう」で連載しているものです。書籍のお声がけをいただいた時には既に三年か四年は気ままに書き続けていたと思います。

実は「なろう」で執筆中の本編にはリゼル達の外見描写がほとんどありません。外見を思いつかないまま書き連ねていたからです。私は割と映像を文字化するタイプなのですが、外見がなくとも不思議とそれができてしまうのが小説の面白いところ。なので「なろう」本編での執筆は今でも、書籍になる前と全く変わらず私の脳内リゼル達は外見不明のまま書いています。

よって何年も「休暇。」にお付き合いくださった読者さん達は、それぞれご自身のリゼル達イメージをしっかり持っていらっしゃるだろうと、書籍イメージを見るか見ないかはなるべくご自身で選べるようになれば良いなとこれまで考えてきました。自己満足ではありますが、皆さんの中に色々な姿で存在するリゼル達にはそのままでいてほしいなと。

その結果、短編集は「なろう」読者さん達もお手を伸ばせるようにしたいという私の我が儘により、何と挿絵なしという形と相成りました。さんど先生のファンの方々には心から申し訳ないと思っております……さんど先生による素晴らしい表紙を、ぜひ挿絵の分もご堪能ください。書籍を読んでいる方は分かるあのシルエット！　素晴らしい！


特典というシステムがなかったら書かなかっただろう話の数々。

全てのきっかけである書籍化のお声がけをくださったＴＯブックスさん、最初期から一緒に試行錯誤してくださっている編集さん、私の小説に外見描写を齎してくださったさんど先生。

そして、本書を手に取ってくださった読者様方へ。

どうぞこれからも休暇世界をよろしくお願いいたします！

出典

書記官が語る日常	書籍1巻　TOブックスオンラインストア特典
とある盗賊Aの視界	書籍2巻　TOブックスオンラインストア特典
興味の尽きない今日この頃	書籍2巻　電子書籍版特典
湯に沈む傷跡	書籍3巻　TOブックスオンラインストア特典
聞き役の昼下がり	書籍3巻　電子書籍版特典
世に解き放たれた最強	書籍4巻　TOブックスオンラインストア特典
値踏みなどとうに慣れている	書籍4巻　電子書籍版特典
今はただ、その時を待っている	書籍5巻　TOブックスオンラインストア特典
三人が街角でだべるだけ	書籍5巻　電子書籍版特典
前略、早々、意訳につき	書籍6巻　TOブックスオンラインストア特典
ナハスと宿主の飲みトーク	書籍6巻　電子書籍版特典
ギルド職員はスキンヘッドを撫でながら語る	書籍7巻　TOブックスオンラインストア特典
堂々とギルドに依頼した（バレなかった）	書籍7巻　電子書籍版特典
将来、白い軍服を纏う者曰く	書籍8巻　TOブックスオンラインストア特典
イレヴンの何てことない一日	書籍8巻　電子書籍版特典
アスタルニア冒険者達の夕べ	書籍9巻　TOブックスオンラインストア特典
一番弟子は自分だとドヤ顔したいリゼル	書籍9巻　電子書籍版特典
風邪引きリゼルは甘やかされる	書籍10巻　TOブックスオンラインストア特典
ジルベルトの歴史　リターンズ	書籍10巻　電子書籍版特典
ギルド職員Aの視点	コミックス1巻
商業国に住まう彼女の視点	コミックス2巻
幼いリゼルとケセランパサラン	『小説家になろう』活動報告
年下二人のプレゼント探しの旅	書き下ろし

も、波瀾曲折。

れ替わったり、そして増える——!?

稳やか貴族の休暇のすすめ。13

著：岬　イラスト：さんど

2021年秋発売予定!

冒険者はいつ

今度の『休暇』は、小さくなったり入

穏やか貴族の休暇のすすめ。短編集

2021年7月1日　第1刷発行

著　者　岬

編集協力　株式会社MARCOT

発行者　本田武市

発行所　TOブックス
〒150-0002
東京都渋谷区渋谷三丁目1番1号　PMO渋谷Ⅱ　11階
TEL 0120-933-772（営業フリーダイヤル）
FAX 050-3156-0508

印刷・製本　中央精版印刷株式会社

ISBN978-4-86699-230-3